Nuova Narrativa Newton

330

Della stessa autrice

Il Divoratore

Martin Eden
Agenzia letteraria

Prima edizione: gennaio 2012

Roma, Casella postale 6214

ISBN 978-88-541-3529-1

www.newtoncompton.com

Realizzazione a cura di Corpotre, Roma
Stampato nel gennaio 2012 da Puntoweb s.r.l., Ariccia (Roma)
su carta prodotta con cellulose senza cloro gas provenienti da foreste
controllate e certificate, nel rispetto delle normative ecologiche vigenti

Lorenza Ghinelli

La colpa

Newton Compton editori

A Bri,
che sovvertì un'estate violenta a colpi di colore

PARTE PRIMA
LA CITTÀ HA BOCCHE

Buttiamo via tutto il miele
mettiamo un sasso dentro la voce
e andiamo di là.
Anche questo va detto anche
lo sfacelo dei timpani, anche la casa
rotta, anche la faccia stanca
anche la mano vecchia, anche
tutto il buio del parco quando
i giocatori ritornano a casa.

MARIANGELA GUALTIERI, *Senza polvere senza peso*

Ho voglia di spostarmi
dice
di spostare in avanti i confini
e marcia verso il cancello
tagliando l'aria a colpi d'ascia
per cacciare gli spiriti stranieri
senza contare che li custodisce al caldo dentro casa
ma è la sua mente che si è spostata
e per non sparare sul groviglio
di vipere e serpenti di famiglia
spara contro lo specchio che a grandezza naturale
glieli butta in faccia.

JOLANDA INSANA, *La Stortura*

Ma un piolo non è che uno stupido pezzo di legno.
La mente è invece la mazza con cui conficcarlo nel cuore.

STEPHEN KING, *IT*

1
BAMBI NON SCOPPIA DI SALUTE
(Primavera 1999)

1

Matite: rossa, gialla, verde, blu, viola. Matita nera. Greta afferra la prima e graffia sopra un Fabriano ruvido un arco insanguinato. Poi, in successione, usa le altre tracciando archi su archi, appiccicati, ammassati. Greta fissa l'arcobaleno sul foglio.

È il turno della matita nera, ora. Le manine premono la sua punta sul Fabriano spingendola avanti e indietro, sbriciolandola. Il nero mangia il bianco, linee spesse e grasse, sotto l'arcobaleno.

Greta si ferma, osserva. E nota che qualcosa manca, qualcosa di molto, molto importante. Qualcosa che solo la matita nera può mostrare. In basso a destra, sotto le linee spesse e grasse, la matita nera traccia due cerchi, e sotto uno più grande. In quello più grande disegna due macchioline nere: occhi. Sotto gli occhi un triangolo nero: naso. Dal naso linee nere: baffi. Sotto il cerchio grande, Greta ne traccia uno più ampio definendo il corpo, e in fondo al corpo stilizza una coda. Nera. Il risultato è un topo nascosto nel buio, muto.

Sopra il topo, sopra l'arcobaleno, sopra tutto il micromondo, c'è solo un cielo bianco, secco, ruvido. Un bianco che paralizza il cervello e lo risucchia. Un bianco cannibale in cui è irresistibile perdersi.

«Greta!».

È la voce strozzata di nonno. La strappa al bianco. Greta abbandona la matita sul tavolo e scende le scale. Scricchiolano. Nonno non le sistema mai, la colpa è della schiena. Brucia, dice.

Sul tavolo, nonno dispone due piatti, due piatti per due persone. Il profumo di vitello è solido, copre le cose e s'aggrappa ai tessuti. Nonno sa cucinare, ha imparato da nonna.

«Siediti, Greta».

Greta si siede. Nonno riempie i piatti e li fa fumare, poi si siede a sua volta di fronte alla nipote.

«Buon appetito».

«Buon appetito».

Silenzio.

«Hai fatto i compiti?»

«Sì, nonno».

«Brava».

Nel silenzio che segue, Greta pensa al topo. Pensa che sul Fabriano ruvido, ora, ride.

2

Davanti al bar Nizzi, gli ultimi giorni di scuola sono sempre così: un assembramento infernale di motorini truccati e un far casino per niente, per il branco e la gloria. Ai vecchi è toccato retrocedere sotto il *dehor*, al riparo dalla perturbante gioventù e dall'asfalto cocente, mentre attendono fiduciosi la morte dell'estate, la riapertura delle scuole, e che tutto torni, per otto mesi almeno o quelli che deciderà il Signore, quieto e silente. Nel frattempo, l'abitudine aiuta, pertanto distribuiscono le carte confidando nell'asso di briscola.

Ma alla perturbante gioventù l'abitudine non piace. Tantomeno l'indifferenza. Così, senza ragioni apparenti, prende a dar gas ai motorini fermi sui cavalletti. I vecchi, caparbiamente, mantengono la concentrazione sulle carte. Martino, diciott'anni asciutti e nevrili, li guarda con malcelato ribrezzo. Ha occhi da bestia braccata e ferita, Martino. E si è già rotto i coglioni di sentir cianciare Fabio e quello smilzo di Sergio sullo stile *Serve & Volley* di Pete Sampras. Ok, magari vincerà il torneo di Wimbledon. Ma chissenefrega.

Martino butta via la cicca della quinta Marlboro rossa fumata nell'ultima mezz'ora. Il culo, appiccicato alla sua Vespa bianca, suda. Si è rotto dei vecchi, degli amici, di ammazzare il tempo, ma soprattutto non si scorda che nella sua vita, adesso, ci sono cose più importanti.

«Dove cazzo è Estefan?».

Un vecchio bofonchia qualcosa.

«Problemi, nonno?», latra Martino al vecchio che non è suo nonno.

Il vecchio ritorna muto: una statua d'ossa con le carte in mano.

Fabio, intanto, scatta in piedi abbandonando la sella del suo Phantom, l'indice puntato contro una Ford

Puma grigia da cui viene pompata a tutto volume *Tommy Gun* dei Clash. «C'è Gianni».

È a questo punto che Martino alza il culo dalla Vespa bianca. Ed è a questo punto che, mentre gli sale in corpo un sangue rettile che puzza di tempesta, Martino smette di sudare. Fabio e Sergio si guardano per un istante e abbassano gli occhi: loro sanno quello che Gianni ancora non sa.

La Ford Puma grigia accosta, Gianni non ha un capello fuori posto, profuma di pulito, ha la maglietta dei Clash stirata, i jeans Levi's 501 acquistati intonsi e lacerati di fresco e i Ranger neri con la punta scassata a forza di calciare contro il muro del garage; perché la punta nuova non fa vissuto. Sorride. E spara la sua voce in stile dolby surround 5.1.

«Allora, Martino! Che hai per me?»

...Tommy Gun / he ain't gonna shoot the place up just for fun...[1].

«Spegni la musica», sibila Martino.

Gianni guarda divertito Fabio e Sergio. I due annuiscono in silenzio, chiaro cenno di fare come Martino comanda.

Gianni abbassa la musica.

«Ok, dài, così ci sentiamo meglio».

Martino serra i denti, gli occhi sono spilli. Questo ragazzo non scherza davvero. Questo ragazzo ha la voce bassa ora, come se si fosse depositata sul fondo di un pozzo. Ed è immobile, Martino, come un'incudine

[1] *Tommy Gun / Non sparerà all'impazzata per il gusto di farlo...* (*Tommy Gun*, dall'album *Give 'Em Enough Rope*, The Clash, 1978).

posta al centro di una lastra di cristallo che sai, perché lo sai, non reggerà.

«Ho detto spegni la musica».

Gianni guarda gli amici.

«Ma che gli prende?».

E il pugno parte, contro la portiera grigia della Ford Puma.

«Spegni questa stracazzo di musica!».

«Ma che fai? Sei pazzo?!».

Gianni apre la portiera, ma non scende. Perché Martino non ha occhi, ha lampi. Perché Martino ha picchiato duro e incrinato la portiera, ma non sente dolore e non si guarda la mano che si fa gonfia. Viola. Ma soprattutto non scende perché a Martino, la voce, è uscita dalla gola spezzata, come se i succhi gastrici l'avessero lavorata per bene, corrodendo la superficie di suono che la ricopre e restituendola metallica scheggiata. Non è la voce di chi gioca a fare il duro Non è una voce da duro. È una voce che fa più paura, che sembra appartenere a qualcun altro che lo comanda da dentro. Un dentro nero, umido, corrosivo. Inaspettato come i precipizi, gli incontri, le disgrazie.

Gianni ha gli occhi sgranati e la mascella cascante. Le domande che ha se le tiene. Chiude la bocca e spegne la musica.

Nessuno parla.

Martino prende fiato. Quel qualcosa che si è rotto nella sua testa va ricompattandosi, ma non si salda. Il sangue circola. Martino riprende a sudare.

«Cosa vuoi?».

Gianni deglutisce.
«Volevo... volevo solo sapere se avevi l'erba che ti ho già pagato... eravamo d'accordo...».
Martino lo fissa, inespressivo.
«Non ancora».
Non distoglie lo sguardo.
«Se aspetti arriva», lo rassicura Fabio.
Gianni finge di guardare lo Swatch che porta al polso. Finge, perché la mente non registra l'ora.
«No, dài... è lo stesso. È tardi. Magari domani a scuola, prima di entrare».
Gianni chiude la portiera e sventola la mano tesa, è quanto di più simile a un ciao riesca a fare. Tira su i finestrini, fa manovra e torna da dove è venuto. La musicassetta dei Clash resta muta per tutto il tempo e per un bel pezzo ancora.
Davanti al bar Nizzi ancora Fabio, Sergio, Martino e le statue d'ossa. Martino guarda gli amici, come se la parentesi di Gianni non fosse mai esistita.
«Dove cazzo è Estefan?».

3

Estefan, in questo momento, è il re della valle. Il suo corpo magro aderisce perfettamente alla seggiola di plastica rosa coi braccioli mangiucchiati dai cani. La maglietta con la scritta rossa *Who Killed Bambi?*[2] è volata via sull'erba infastidendo le vespe.

[2] Canzone del 1980 contenuta nell'album *The Great Rock 'n' Roll Swindle*, dei Sex Pistols.

È andata così, come va sempre: s'è alzato col sole, s'è ricordato quel che doveva fare e ha fatto tutt'altro.

Ora, sul suo strepitoso trono rosa masticato dai cani, si sente il re della valle. Afferra la Peroni da un secchiello arancione pieno di ghiaccio, solleva il tappo coi denti, brinda alla vita e tracanna. Alle sue spalle, c'è una voliera occupata da piccioni nervosi. Lo sbatacchiare delle ali contro la rete di ferro ricorda una *standing ovation*.

Intorno, il pelo serico dei campi aggredisce gli occhi, è il sole che picchia a farlo brillare, a far sudare la terra come un dorso di animale schiantato.

Estefan si passa la bottiglia ghiacciata sul petto e si sfila le Gazzelle rosse dell'Adidas coi piedi. Dalla tasca dei jeans tira fuori un sacchetto generosamente farcito di marijuana. Lo annusa e sorride. Dall'altra tasca prende le cartine e dà inizio a quella che battezzerà "canna d'artista": la canna meglio rollata dell'ultima settimana. Martino s'incazzerà, ne è sicuro. È altrettanto sicuro che gli passerà. Aspira la prima boccata, ci si impasta la bocca e la sfiata fuori, a confondere i contorni dei campi. La valle del Marecchia è tutta terra e sassi, acqua e canneti, cresciuti come se li avessero seminati a grano. Ogni tanto un sentiero di ghiaia lancia un'ancora allo sguardo. Separa le cose, pettina il caos.

Concetti quali proprietà pubblica e privata godono di rapporti piacevolmente promiscui: niente recinzioni, niente fili spinati. Le visite guidate battono i sentieri principali. Il selvatico invece vuole essere sedotto e conquistato: abita un altrove di geometrie scomposte e intricate; pretende che si abbandonino le strade, le scriminature biancastre dei campi, pretende che si amino i rovi, le buche, le sterpaglie a strapiombo sul fiume, i fagiani e le oche, le bisce, le vipere e i cani selvaggi. Pretende il disprezzo per l'autoconservazione, e lo stupore come unica legge.

Un posto strepitoso per bersi una Peroni ghiacciata e rollarsi una canna senza che nessuno rompa i coglioni.

È così che Estefan chiude gli occhi e si addormenta. Col sole di giugno sulla testa a seccare i pensieri.

«E tu chi diavolo sei?!».

Ed è così che si sveglia. Con una voce ostile sopra e un qualcosa che ringhia sotto. Primo pensiero: le cose non ringhiano. Ok. Sbarra gli occhi e mette a fuoco: c'è un tizio in piedi davanti a lui con la faccia incazzata, la barba incolta, e la mano che afferra il collare di un bastardo dal pelo ispido e dalla taglia decisamente grande. Il tizio gli punta in mezzo agli occhi un cavatappi.

«Allora, si può sapere che diavolo ci fai sulla mia sedia, nella mia terra, con la mia birra?».

La birra. Già, la birra che fu. Se l'è proprio scolata. E rutta. Senza ostilità, sia chiaro. Rutta col candore di un angioletto biondo. E si accorge di avere lo stesso sconcerto negli occhi del tipo con la faccia incazzata. A peggiorare le cose, sorride, e al tipo con la faccia incazzata potrebbe stare quasi simpatico se non sentisse l'impellenza di spaccargli la faccia.

«Conto fino a tre, poi lascio Fulmine».

Fulmine ringhia e sbava. Sembra un incrocio fra un mastino e una macchina da cucire, Estefan non sa perché, ma è esattamente quello che gli sembra.

«L'hai chiamato Fulmine?!».

«Uno...».

Sì, l'ha chiamato Fulmine. Estefan realizza che la cosa non lo riguarda. Si ricorda pure che non è un re, quindi schizza su dal trono rosa, agguanta le Gazzelle rosse e se le infila, della bottiglia non sa più che farsene. Col secchiello ha smesso di giocare da un pezzo e oltretutto quello arancione non è nemmeno suo.

«Non c'era nessuno e ho pensato che era un peccato che la birra si scaldasse e che magari... l'aveva messa dio...».

«Due...». Le narici del tipo si dilatano, pessimo segno.

«Ok, ok, tieni Fufi».

Estefan afferra la maglietta dei Sex Pistols e inizia a correre. Direzione *wild* selvatico.

«Tre!».

Ecco perché si chiama Fulmine. Perché è una scheggia. Estefan non ci può credere, il tizio gli ha davvero aizzato contro il cane.

Estefan scappa, con un mezzo mastino ringhiante quasi graffettato al culo. Quella che sente è adrenalina. La droga migliore non in commercio. Il suo unico problema, adesso, è non diventare cibo per cani. Corre, mentre nella testa la voce folle da cartone animato bevuto di Johnny Rotten[3] deforma, rotola e impasta voca-

[3] Cantante dei Sex Pistols.

li come fossero cicche Bubblegum panna e fragola da farsi scoppiare in pieno viso. Johnny Rotten urla *Who Killed Bambi?*, la stessa frase scritta in rosso sulla maglietta che Estefan serra fra le dita, mentre si scapicolla lungo un campo disseccato. *Who Killed Bambi?* Una canzone da ridere: un cazzotto in pieno viso. Andrebbe cantata rotolandosi in terra, tenendosi i piedi con le mani e magari sbavandosi addosso, oppure urlata a squarciagola mentre un incrocio fra un mastino e una macchina da cucire insegue vorace il suo spuntino quotidiano.

Il campo disseccato si imbastardisce in un groviglio di sterpi e canneti, Estefan sente le spine di chissà quale pianta ricordare alle sue braccia che quella non è casa sua. Chissenefrega. Corre. Sente le Gazzelle rosse fare splaff, e diventare scure, color sangue coagulato. È finito dritto dritto nella casa delle papere. Una pozza palustre che puzza e stagna con sopra un'intera famiglia di pennuti alati a sbraitare un'unica direzione: *qua*. Estefan dà loro retta, anche perché la pozza arriva al ginocchio e Fufi non dà segni di cedimento.

Estefan corre e dall'umido ritorna al secco. Un sipario di canneti. Ci salta dentro.

E passa dal solido al vuoto totale.

Uno strapiombo ridicolo, un salto di cinque metri e finisce col culo per terra, sopra un terreno di ciottoli che pende a picco verso il fiume, secco e bianco.

Il tempo di dire *Ahi*, e scivola ancora. Giù, sempre più giù. È nella gola del fiume ora. Le pareti d'argilla salgono verticali, chiare, cotte dal sole. Estefan guarda su. Fufi ringhia, Estefan gli mostra la lingua. E Fufi, sconfitto, si gira e se ne va.

Estefan si alza e si stira. Un cristo coi fiocchi. Si sbatte i jeans con le mani, un fumetto di polvere. Il fiume assomiglia a un binario morto. Estefan ci entra dentro: un puntino di carne umana nella gola di un cadavere, così si sente, mentre s'incammina lungo la cavità orale che conduce verso casa sua. Perché c'è un ponte sopra il fiume che percorre tutte le mattine quando decide di fare sega a scuola. La cosa lo eccita: non ci è mai passato sotto. Estefan cammina, calcia ciottoli e suda. Infine arriva: il ponte gli getta addosso un'ombra scura che lo fa respirare. Le basi di cemento sono luride, ma soprattutto, sul cemento c'è una scritta spruzzata lì da chissà quanto. Spray nero, aggressivo.

Delirium

Nessuna firma. Delirium e basta.

Un evento insignificante, non fosse per i pugni di Estefan che si serrano e per gli occhi che si stringono. Estefan fissa la scritta nera. Deglutisce e continua a fissare. Le orecchie iniziano a pulsare e il mondo sbiadisce.

Eppure vede. Il colore è il seppia, quello delle foto dei nonni in guerra, con i bordi consunti e le macchie giallo brune color fuoco sulla carta. L'immagine è graffiata, in stile pellicola cinematografica anni '20, l'immagine salta, poi riprende. Un bambino. Estefan bambino. C'è Estefan bambino in piedi contro un muro: lo fissa. Sul muro una scritta:

Cartoon Killer

E il ricordo è attivato: c'è plasma che cola, in alto, dai bordi della foto, rivoli verticali di rosso venoso. Potrebbe macchiarsi, l'immagine. Se solo il sangue ci colasse sopra. E invece cola dentro, a colorare la pelle di Estefan bambino. Dà luce alle gote. È il turno del nero, colora la scritta. Poi è il grigio a colare: cemento. Gli altri colori, pochi, fanno il resto.

Siamo nel 1989.

Who killed Bambi?

La voce di Johnny Rotten grida nove volte la domanda.

E nessuno risponde.

2
CARTOON KILLER
(Primavera 1989)

1

Così è scritto sul muro: *Cartoon Killer.*

A Estefan bruciano gli occhi. È come se qualcosa si fosse arrampicato sulla retina e fosse finito dietro, tra l'occhio e il cervello. In un punto che non si può strusciare, grattare, lenire.

Mamma se ne sta sulla panchina a parlare con un'altra mamma. Intorno bambini, altalene, scivolo, strilli, lacrime e ancora mamme, sparse e fitte come gramigna. Un parco sudato di giugno.

Cartoon Killer. Così sta scritto sul muro dei bagni pubblici. Ci sono un sacco di altre scritte, come in tutti i bagni pubblici, e come in tutti i bagni pubblici hanno molto poco di biblico. Ma *Cartoon Killer* inchioda a sé gli occhi di Estefan e gli impedisce di tirar dritto a pisciare.

È solo una scritta, si dice Estefan.

Eppure la scritta respira.

Le scritte non respirano, Estefan lo sa, ha nove anni. A nove anni si sa che le scritte non respirano.

Eppure.

A guardarlo bene, il nero delle lettere spruzzate sul cemento pare proprio che respiri.

È semplice, si dice Estefan. Basta distogliere lo sguardo. Il problema è che ne è attratto. È attratta la mano.

Dovrebbe pisciare, Estefan. Entrare e pisciare. E invece la manina si alza, non dovrebbe alzarsi la manina, e invece si alza. Si alza e sfiora il nero delle lettere spruzzate sul cemento che insieme formano la parola *Cartoon* e la parola *Killer*. Sfiora *Cartoon Killer*.

E qualcosa succede, tra l'occhio e il cervello. Qualcosa che è stranamente connesso al cuore, che inciampa e perde il passo, qualcosa che non si affaccia alla mente cosciente, ma striscia infido nel cervello e appesta. È un senso di panico, come di freddo, di presentimento di frana, disastro, *maelström*, di cardini che cedono. E allora i suoi occhi cercano Mamma. Cercano un appiglio, perché c'è un pericolo che lui non conosce: si chiama Angoscia, e Angoscia, come Mamma, ha sempre la maiuscola.

Succede che la manina di Estefan è su *Cartoon Killer.*

Succede che Estefan si pente. E non sa di che cosa, perché ha solo toccato una scritta. Vorrebbe ritirare la mano, ma la mano non si stacca.

Succede che Estefan si sente in pericolo.

E questo non è razionale.

Succede che Estefan si volta.

E il mondo non è come dovrebbe essere.

Bambini, altalene, strilli, lacrime e mamme: assenti.

All'appello di Angoscia, nessuno risponde.

Spariti.

Lo scivolo ha un buco al centro.

Prima non c'era. Prima era solo scivolo. Ora è un buco voragine, pericoloso.

Il sangue pompa nelle orecchie, Estefan deglutisce, il nodo non va giù, sale e non esce. Resta, a ostruire il respiro.

«Mamma...», sussurra Estefan.

Le casse armoniche del cielo troppo terso, vuoto, amplificano la voce, la fanno rimbombare. Le orecchie implorano silenzio.

Lo scivolo ha un buco al centro.

Pensa ai canali di scolo, Estefan. Pensa che quello che scompare non sparisce, ma cambia di posto. Come l'acqua nel lavandino. O la pioggia inghiottita dalle fogne.

Si avvicina al buco, Estefan. I passi sono granate, rimbombano come prima la voce. Di scappare non se ne parla, sono gli altri a delimitare lo spazio, senza gli altri lo spazio non esiste. Estefan è solo. Qui o là non fa differenza.

Lo scivolo ha un buco al centro.

Ci è sopra, ora. Ci guarda dentro.

E non capisce perché vede bambini, altalene, scivolo, strilli, lacrime e mamme. Dall'alto. Ma soprattutto non capisce i colori: sgargianti. E nemmeno i contorni: netti, spessi, tondi. *Cartoon Killer*. Bambini, altalene, scivolo, strilli, lacrime e mamme sono cartoni animati impazziti, ridono corrono scherzano strillano. E il modo in cui lo fanno non è normale.

«Mamma! Lei mi ha strappato un braccio!», urla un bambino giallo itterizia, i suoi capelli sono linee dritte tracciate con punta Pentel grossa, color pistacchio. La bocca è un taglio netto su carne liscia, gli angoli delle labbra gocciolano rosso, piegati verso il basso. Colano cera liquida. Il bambino giallo itterizia piange e le labbra colano. Normale, è normale. È su *Cartoon Killer*. Il bambino giallo itterizia strilla e le labbra schifose colano, perché la bambina coi capelli rossi, la pelle blu e gli occhi grandi, troppo grandi per essere occhi di bambina, gli ha strappato il braccio sinistro con le manine uncinate. E adesso ride, la bambina, e ha i denti blu, tanti denti, tutti blu. E la spalla del bambino spruzza lombrichi lunghissimi, ciccioni e rossi: schizzano a terra e al contatto esplodono. Splat. Rosso *shocking* su erba pastello.

Quanto Estefan ha visto basterebbe alla rovina totale, al crollo, allo sperdimento della ragione. Ma un orrore si scaccia solo con un orrore più grande.

«Estefan!». È Mamma che chiama. Da sotto, dal buco. Mamma *killer* cartonata. Mamma che non la si riconoscerebbe mica, eppure è Mamma. Diversa, ma Mamma. Altra Mamma. Mamma terrifica, Mamma con labbra colore arteria sottili sottili. Sottili che tagliano. È vestita con papaveri neri strappati, Mamma, e ha occhi gravati da trucco pesante e lineamenti affilati. Guarda in alto, guarda il buco, guarda il figlio. Ride, ed è una risata brutta, una risata che sembra tirata su con uncini potenti, che potrebbero stracciare la faccia di Mamma tutta intera. Ride come se non volesse ridere, come se l'avessero disegnata così, contro il suo volere di Mamma. Lo dicono i suoi occhi. Bui, cattivi.

Sono gli occhi di Zarkon, di Malefix, di Gargamella, di Skeletor, di Destro. Sono gli occhi dei cattivi più cattivi che i cartoni abbiano mai avuto. E sono gli occhi di Mamma che urla pazza dall'abisso.

«Guarda cosa mi fai fare, guarda come mi hai conciata!».

Questo urla Mamma dall'abisso.

Estefan indietreggia e cade. Si allontana gattoni dal bucovoragine. Si alza e ricade. Riprova, corre, ricade. Si rialza. E ancora.

Non sa come, non sa da quanto, non sa niente di niente, non sa di vagare per il parco deserto, lo sguardo allucinato, perduto.

Il sole di giugno sulla testa è un faro, un osceno occhio di bue, un indice di Dio puntato contro l'aberrazione della sua vita.

* * *

«Estefan!».

Estefan apre gli occhi. Mamma, quella vera.

«Dio santo, è mezz'ora che ti cerco! Si può sapere dove cavolo ti sei andato a cacciare, eh?!».

D'istinto Estefan l'abbraccia. D'istinto Mamma lo scosta. D'istinto Estefan piange.

«Amore, è successo qualcosa? Ti hanno fatto qualcosa?».

Mamma lo abbraccia di sua iniziativa. Punta d'iceberg che si scioglie.

«Allora, me lo vuoi dire, cos'è successo? Eri davanti a

me e poi sei sparito. Dove sei stato? Perché ti sei allontanato? Dov'eri?».

Estefan vorrebbe avere le risposte, ma non le ha.

Si addormenterebbe così, ora, fra le braccia di Mamma che si preoccupa per lui. Ma Mamma insiste, senza concedergli tregua.

«Allora? Rispondimi!».

Estefan scuote la testa. Ordina i pensieri. È come ramazzare dentro un uragano. Una cosa però se la ricorda: ha nove anni. E nove anni bastano per capire che quello che è successo è un problema. Che non può essere vero. Che certe cose non succedono. Che è in pericolo. Che ha paura. Perché non sa come è successo, quindi potrebbe ricapitare. E non è pronto. Ma soprattutto, sopra ogni cosa, Mamma non gli crederebbe.

Cartoon Killer.

Nessuno gli crederebbe. Si appellano alla razionalità, i grandi. Anche se uno a nove anni non sa mica come si usa.

«Estefan, dimmi qualcosa e dimmela subito».

Mamma si sta arrabbiando. Quando si preoccupano, quando non ottengono subito le risposte che vogliono, i grandi si arrabbiano sempre. Estefan pensa in fretta, il cervello lo segue. È un cervello veloce. Forse ha dormito, ecco, spiegazione plausibile. Forse si è addormentato. Forse ha fatto due passi ed è crollato da qualche parte così, come una pera. E comunque resta un buco. Un buco nella storia più pericoloso del buco nello scivolo. Perché se è stato un sogno, se si è addormentato, allora dovrebbe ricordare di essersi allontanato, di cosa lo ha spinto ad allontanarsi e il punto in cui si è addormentato. Se fosse vero, dovrebbe ricordarsi la sequenza, l'ordine dei fatti, i pensieri e le sensazioni. Ma non li ricorda. Eppure ha visto il bucovoragine. Ha visto la bambina blu e il bambino giallo itterizia col braccio strappato e i lombrichi rossi che fanno splat e Mamma, Mamma in un modo che non riesce a dire, che più ci pensa e più lo stomaco gli si strizza.

«Io... non mi ricordo...».

«Non ti ricordi?!».

Estefan prova a ricostruire, generando ipotesi plausibili, razionali, perché ai bambini insegnano che esistono l'immaginazione e la realtà, e che nella realtà ci sono le cose vere, i fatti e le spiegazioni. Come se la realtà stesse soltanto fuori da chi guarda, ferma e buona. Senza occhi e senza unghiette gialle.

«Io non mi ricordo ma... forse mi sono addormentato e ho fatto un incubo orribile e ho sognato che...».

Non può dirlo. Non riesce, non può dire a Mamma com'era conciata là sotto, nel bucovoragine. E comunque deve per forza averlo sognato. Ma Mamma interrompe il pensiero urlandogli contro.

«È mezz'ora che impazzisco a cercarti e tu te ne vai a scorrazzare in giro?! E poi magari ti addormenti da qualche parte?! Ma stiamo scherzando? Guarda Estefan che hai nove anni, non è che ne hai quattro, non è che ti devo stare col fiato sul collo! Io mi fido. Tu me lo devi dire dove vai. E fai in modo che non succeda più altrimenti te lo scordi il parco come ti scordi qualsiasi altra cosa, chiaro? E abbiamo ancora la spesa da fare».

Estefan annuisce e Mamma lo strattona via, furente, verso la strada del ritorno che passa attraverso bambini, altalene, scivolo, strilli, lacrime e mamme.

Che sono esattamente dove dovrebbero essere.

Il mondo è esattamente come dovrebbe essere.

Lo scivolo non ha buchi, i colori sono solo colori e le forme non sono marcate, solo definite, proprio come lo sono le cose del mondo.

Estefan non guarda i bagni pubblici. Si ricorda che deve pisciare. Ma si ricorda anche della scritta; forse c'entra qualcosa, pensa.

Aspetterà fino a casa. È più sicuro.

E ha il tremendo sospetto di non avere affatto sognato.

2

Roberta non spinge, non sente, non lotta. La creatura che ha dentro invece sì. Eccome.

Roberta è stesa su un tavolo operatorio troppo bianco, troppo bianchi i camici dei dottori che trafficano, troppo bianche le pareti.

Roberta ha braccia e mani tempestate di buchi color necrosi. Si buca, Roberta.

Molto molto.

Questa volta ha esagerato.

«L'ossigeno, forza, forza!», fa il dottore.

La creatura scalcia e spinge, contro un muro di carne chiusa.

«Vai con la narcosi, dài! Tubo endotracheale!».

L'assistente inietta l'anestetico nel deflussore, poi procede con l'intubazione.

Roberta è attaccata a un respiratore, adesso.

Roberta non respira.

Il dottore incide e penetra, fino al derma. Raggiunge la fascia muscolare e cambia strumento: una forbice semiaperta. Taglia e allarga, fino ai muscoli retti: li divarica. Con digitopressione a livello craniale lacera il peritoneo. Apre la plica utero vescicale, scolla la vescica, incide l'utero. E la creatura è lì, in presentazione cefalica perfetta. Era pronta, la creatura, la testa a sfondare il bacino. E invece, questo è il primo no della sua vita. Di lì non si passa. Questo è il primo divieto. L'inizio di tutto.

Le mani del medico la prendono e la estraggono dalla poltiglia rossa.

«Non c'è battito, il cuore si è fermato», fa l'assistente, gli occhi su Roberta.

Il dottore non si cura di loro, colpisce lievemente la creatura sulla schiena, aprendole la gola alla voce. La creatura strilla. La passa all'ostetrica.

Il dottore chiude la breccia uterina con novanta centimetri di filo Monocryl, sutura continua incavigliata. Chiude a strati la parete addominale con filo Vicryl numero uno, sutura continua non incavigliata. Chiude la cute con tre punti e posiziona pinze emostatiche Ellis per quattro minuti. Ma lo strato di fibrina non si forma.

Roberta è partita per un viaggio diverso. Biglietto di sola andata.

«Avvertite i nonni», fa il dottore.

«Non c'è il padre?», fa l'assistente.

«Ma quale padre...», fa il dottore.

L'ostetrica lava la creatura. La creatura è femmina.

L'assistente esce, se ne va in corridoio a parlare coi nonni, due signori con le facce tirate e gli occhi stanchi. Dice quello che c'è da dire.

Nonno si porta le mani alla faccia, ce la nasconde dentro. Nonna è pietra.

«Posso vedere mia nipote?», chiede nonno.

L'assistente gli fa strada. Nonna segue con passo lento.

Giungono a una distesa di lettini in file asetticamente ordinate.

Si affacciano sulla creatura, un musetto rosa che strizza gli occhi e dimena pugni minuscoli.

A nonno scende una lacrima.

«Avete pensato al nome?», chiede l'assistente.

Nonna resta pietra, nonno annuisce.

«Greta», dice, «si chiamerà Greta».

Greta è nata presto.

Greta è nata male.

Greta è nata sola.

Fuori un sole che ammazza. E un destino con zanne che ridono.

3

«Estefan, ce la fai a mandare dritto il carrello? Guarda che oggi stai esagerando».

Non è che non ce la fa. È che pesa. Non è dell'umore adatto per cazzeggiare col carrello.

Mamma gira di scatto il collo, a destra e a sinistra, come fanno i polli. In mano stropiccia nervosa l'elenco della spesa. Non trova le acciughe e la cosa la indispone.

Estefan sa che non è il momento per chiedere nulla, non sarebbe nemmeno il momento di esistere. Mezz'ora di Mamma, persa a cercarlo per il parco, equivale a mezz'ora di ritardo nel delicato meccanismo d'incastri casalinghi.

Il punto è che ci sono cose che non possono essere rimandate.

«Mi scappa la pipì».

Mamma lo guarda, gli occhi non sono quelli di Zarkon e nemmeno di Malefix, non sono quelli di Gargamella né di Skeletor né di Destro. Ciò non toglie che essere guardati con quegli occhi lì non sia assolutamente piacevole.

«Sei stato mezz'ora a zonzo e adesso ti scappa la pipì?».

Lo scivolo aveva un buco.

Estefan deglutisce.

«Sì», risponde. Adesso gli scappa la pipì. E scusate tanto tutti.

«Ce la fai a tenerla fino a casa, no?»

«No...».

Mamma gli prende bruscamente il carrello. Non lo guarda negli occhi. E questo, a volte, è un sollievo.

«Ne hai sempre una per non darmi una mano Fa' una corsa e muoviti. Ti aspetto alla cassa».

Dov'è il bagno? Questo vorrebbe chiederle. Poi pensa che alla Conad ci sono molti altri adulti a cui porre questa buona domanda.

Estefan corre lungo la corsia dei biscotti, dolci, fette biscottate. Corre fino alla cassa e chiede informazioni a una cassiera con un rovo biondo marcio al posto dei capelli.

«C'è un bagno?».

La cassiera si guarda in giro.

«Sei solo?»

«No, c'è mia Mamma. C'è un bagno?».

In fondo a destra dopo i surgelati, gli dice la cassiera. Estefan riprende il volo, la sua è una falcata trasversale, taglia la corsia dei pannolini, carta igienica, detergenti, quella dei succhi, vino, birra, Fanta e Sprite, quella dei sottaceti, del tonno in scatola, delle olive... e delle acciughe! Rallenta e riprende a correre: missione pipì.

Surgelati. Svolta a destra.

Il bagno è un vero cesso. Estefan si cala la zip e si gode una pisciata epocale. Dal soffitto penzolano ragnatele, e una cicca verde che chissà come diavolo è finita lassù. C'è pure un'impronta di scarpa da tennis decisamente adulta, il tutto ad almeno tre metri da terra. Assurdo. Le piastrelle poi sono belle luride, color sole in gennaio con la nebbia. Color giallo morto, insomma.

Estefan fa per tirare l'acqua. E la mano si arresta. Sul muro sopra lo sciacquone c'è un numero di telefono e una scritta: *realizzo i tuoi sogni*.

È scritto con indelebile nero a punta grossa.

Estefan sente puzza e non è il cesso. È puzza di *maelström*.

Sente ancora quel qualcosa scalciare tra la retina e il cervello.

Sente la mano che vuole salire, sfiorare la scritta.

Vuole toccarla per vedere cosa succede, perché sente che succederà qualcosa, perché c'è qualcosa dentro alla scritta che chiama. C'è qualcosa che respira.

Vuole toccarla per vedere se è vero, se tutto resterà come prima e sarà solo un bambino di nove anni con la patta aperta in un cesso della Conad, o se sarà un bambino di nove anni con la patta aperta dentro qualcos'altro che vuole azzannarlo alle palle. O se magari cadrà addormentato come in una favola dove non ci sono principesse e nemmeno principi, ma un urlo di madre inferocita che ti viene a svegliare.

Vorrebbe toccarla. Poi pensa a Mamma.

Estefan si tira su la zip. Si fionda fuori. Il supermercato è ancora lì, lì la gente e Mamma alla cassa che svuota il carrello. Estefan sfreccia. Nel carrello è rimasto un pacco di sale grosso, le manine volano, ma Mamma è più veloce.

«Lascia stare, tanto ho fatto».

Le acciughe.

«Ho visto le acciughe!».

Mamma gli ridimensiona l'entusiasmo, serafica.

«E le hai prese?»

«No ma...».

«Vabbè. Lascia perdere. Andiamo a casa».

«Ma sono laggiù».

«Potevi pensarci prima. Sono già in ritardo per la cena».

Realizzo i tuoi sogni.

Estefan scaccia il pensiero.

Le scritte... c'entrano le scritte, ne è sicuro. Sono pericolose, le scritte. Aprono porte, e buchi sugli scivoli. Le scritte, aprono voragini nella mente.

Realizzo i tuoi sogni.

Niente di quello che sta pensando è razionale.

Estefan si chiede se esiste un interruttore, un pulsante, qualcosa che stacchi la corrente nella testa.

Ma la domanda di tutte le domande è se quello che ha visto esiste. E se esiste, dove, come, quando? E soprattutto, perché?

Sente la testa che pesa, scalcia e scoppia.

E ha solo nove anni.

4

Martino è stato pettinato, lavato, vestito.

«Sei bellissimo, amore». Gli dice sua madre.

È bellissimo. Anche se conciato così, con la riga in mezzo, il cravattino nero e la camicia bianca, sembra più imbalsamato che vivo. A dire la verità si sente rigido, Martino, in quei vestiti. Ma pensa alle vagonate di regali che tra pochi minuti i parenti rovesceranno sul tavolo della sala, già seminata a salatini, patatine e schifezze a volontà.

Il campanello suona, sono gli amici di mamma e di papà.

Il campanello risuona, questa volta si tratta dei nonni e di zia Francesca.

Il campanello suona ancora. È zio Tullio. Zio Tullio che non c'è mai, sempre a zonzo per il pianeta mondo. Zio Tullio oggi c'è. Martino lo guarda di sottecchi, lo studia, lo scruta. Martino lo conosce come si conosce una foto nell'album di famiglia.

Abbracci, baci e poderose strette di mano. Poi uno sguardo diretto e vispo: «Tu sei l'uomo di casa, vero?», chiede zio Tullio a Martino. Martino sorride. «Si vede», continua zio Tullio, poi batte una pacca sulla spalla del fratello. «Ti ha declassato vecchio mio. Sei da buttare ormai».

Martino non comprende la parola "declassato". Quel che è certo è che zio Tullio gli piace.

È il momento di scartare i regali. Otto anni: età fottuta. Sul tavolo hanno rovesciato la tristezza: solo cose utili. Niente più macchinine, piste, trenini, Lego. Zia Francesca gli ha preso un pigiama. I nonni gli hanno aperto un conto in banca e sul tavolo c'è il libretto ammazzato da briciole di pizzette. Poi, non soddisfatti, i nonni hanno aggiunto un astuccio nuovo. Martino ora si chiede dove nascondano la ghigliottina, lo spaccadenti e il gatto a nove code che certamente vorranno regalargli.

Poi è il turno di zio Tullio. Fa sempre battute zio Tullio. Zio Tullio ride sempre. Tira fuori due musicassette. Una è una raccolta di sigle dei cartoni animati. Dentro c'è l'Uomo Tigre, I Cavalieri dello Zodiaco, Ken il Guerriero, Doraemon, I cinque samurai, Yattaman, Hurricane Polymar, Judo Boy, Jeeg Robot, Daitan, He-Man e i dominatori dell'universo.

Zio Tullio sa come fare felice un bambino.

L'altra musicassetta è *Give 'Em Enough Rope* dei Clash. I genitori di Martino lo guardano allibiti.

«*Give 'Em Enough Rope* ha già una decina d'anni, ma credetemi, è attuale e lo sarà per un bel pezzo. E poi, andiamo, non si cresce di soli cartoni! E non si cresce nemmeno dormendo». Lancia un'occhiata inequivocabile al pigiama e strizza l'occhio al nipote. A Martino è tutto abbastanza chiaro: zio Tullio è un dio. E il dio mette la musicassetta nello stereo di papà. *Safe European Home* è la prima traccia. Zio Tullio la urla a squarciagola ballando e saltando come una scimmia. I parenti ridono. Ride Martino. Sua madre gli poggia una mano sulla spalla: «Lo porto al parco, adesso. Così gioca un po' coi suoi amici. Tu Martino vatti a cambiare, dài, mettiti i calzoncini rossi e la maglia blu che ho preparato sul letto». E Martino sfreccia. Lo sguardo di zio Tullio addosso, assorto.

«Tu come te la passi? Ti fermi un po', vero?», gli domanda la madre di Martino.

«A dire il vero riparto domani».

«Ma non sei stanco di viaggiare? Dove vai?»

«Ho un volo per Bratislava domattina». Zio Tullio pensa, pausa di parole, poi la guarda negli occhi.

«Hai detto che lo porti al parco?»

«Come?»

«Martino. Lo porti al parco?»

«Sì, al parco Marecchia. Ha appuntamento con due dei soliti amici. Non abbiamo fatto la festa quest'anno perché abbiamo pensato che...».

«Ce lo porto io».

Zio Tullio tira fuori un Hoyo de Monterrey e si caccia il sigaro in bocca.

«Tullio, in casa non fumiamo».

«Sì, lo dimentico sempre». Lo prende fra le dita e lo ripone in tasca.

«Ti dicevo che lo vorrei portare io».

«Ma figurati, chissà quante cose hai da fare se parti domani».

«Davvero, è un piacere. Ce lo porto io».

Ce lo porta lui.

«No, non ti disturbare».

«Nessun disturbo».

Non si disturba.

Martino arriva al trotto vestito da battaglia. Zio Tullio lo guarda e sorride.

«E sai che ti dico? Che te lo riporto pure a casa».

Martino guarda sua madre sorridere, imbarazzata.

«Be', se insisti. Come dirti di no?». Posa una mano sulla spalla del figlio.

«Ti accompagna zio Tullio. Sei contento?».

Martino guarda lo zio negli occhi, lui gli fa l'occhiolino.

Sì. È contento. Pensa che sarà un pomeriggio divertente.

Divertentissimo.

«Come si dice a zio Tullio?».

Grazie.

«Grazie zio».

Questo si dice. Questo hanno insegnato e questo si dice: grazie.

Zio Tullio prende per mano Martino, salutano e se ne vanno.

A giugno il lungomare in macchina è un delirio di pedoni dai colori inguardabili.

«Ti trovi bene a scuola?», chiede zio Tullio.

«Sì», risponde meccanicamente Martino.

«Nel senso che la morte sarebbe peggio?», ammicca lo zio guardandolo negli occhi. Martino non risponde, sorride. Tra lui e lo zio c'è uno spazio di silenzio da riempire, uno spazio invitante. Martino prende coraggio.

«Ti piaceva andare a scuola?»

«Te le ricordi le punture intramuscolari che faceva il nonno?», gli fa di rimando zio Tullio. Martino annuisce.

«E ti ricordi l'espressione del nonno quando tua mamma gliele faceva?».

Martino strizza gli occhi e digrigna i denti imitando le bestemmie mute del nonno.

«Ecco», dice zio Tullio, «proprio quell'espressione lì, bravissimo, non avrei saputo farla meglio. Ecco, a me piaceva la scuola come al nonno piacevano le punture».

Martino ride. Zio Tullio è forte.

Poi monta un silenzio di marea che Martino non vuole disturbare: zio Tullio pensa pensa e pensa.

«Ti diverti coi tuoi amici?».

Martino annuisce con vigore. Gli piacciono le domande dello zio. Domande semplici. E dannatamente nuove. Domande che lo fanno sentire interessante.

Silenzio.
Lo sguardo dello zio sui calzoncini rossi. Uno sguardo indiretto. Rimbalza sullo specchietto retrovisore e sui calzoncini rossi cade, rapido.

* * *

Il sole picchia sul parco e Matteo picchia il pallone. Giulio para e Martino corre a vuoto, come sempre. Gli amici di sempre. Un sempre piccolo piccolo perché hanno appena otto anni. Si divertono, come sempre. Zio Tullio li fissa e fuma, gli occhi stretti, due tagli scuri; aspetta.
«Zio!». Martino arriva trafelato. «C'hai l'acqua?»
«Ti sembro tua mamma?». Restano seri. Un gioco vecchio come il mondo. Chi ride per primo perde.
«Ho sete!», grida Martino ridendo. Ha perso. Si volta per tornare dagli amici, ma la mano di zio Tullio gli afferra il braccio, salda come le rocce.
Strano, pensa Martino.
«Che c'è?»
«Ti stai divertendo coi tuoi amici?».
Martino alza le spalle. La risposta sarebbe: come sempre. Che significa né tanto né poco. Significa che la vita è così e che non c'è niente di diverso a cui pensare. Significa che il mondo è semplice e le ore sono piene.
«Quando ti sei stancato andiamo».
Martino annuisce. Raggiunge gli amici.

* * *

«Martino!», urla zio Tullio.

Martino gli corre incontro, corre sempre Martino. Batterie ricaricabili sottopelle a energia solare.

«Che ne dici se andiamo?».

Dico che è una brutta idea, pensa Martino, ma non è in confidenza. Zio Tullio, come tutti gli dèi, incute timore. Non si discute con un dio. Martino abbassa la testa, poi guarda gli amici.

«Vieni?!», urla Matteo mentre Giulio tenta inutilmente di scartargli il pallone.

Martino guarda zio Tullio con occhi imploranti.

«E sia. Ancora un quarto d'ora, *old boy*».

Old boy. *Old boy* gli piace. È un nome da duro.

Martino è sicuro che di minuti ne sono passati meno. Meno di undici e più di otto, ne è sicuro. Questo almeno è quello che sente. Ma lo zio ha urlato *Come on old boy!* E l'*old boy* ha mosso il culo. Come promesso.

«Potremmo mangiarci un super gelato e giocare a chi imita meglio la faccia del nonno», propone zio Tullio.

Martino si illumina. Buona idea, pensa. Saluta gli amici. Alza la mano in un cenno di saluto anche zio Tullio. La stessa mano si posa sul collo del nipote mentre raggiungono l'auto.

* * *

In macchina zio Tullio tace. Niente musica, niente chiacchiere. Niente facce del nonno appese alle proprie in un gioco d'invenzione.

Ancora lo sguardo: rimbalza e cade sui calzoncini rossi.

È uno sguardo che pesa, anche se rapido. Uno sguardo che rimbalza e precipita e se ne torna da dove è venuto. Dentro lo zio, che fissa la strada e guida, muto.

La macchina di zio Tullio non prende il lungomare, sale su, verso la collina di Covignano.

Strano, pensa Martino, poi smette di pensare e chiede.

«Dove andiamo?»

«Ho scordato una cosa a casa».

Martino riflette, ma mancano elementi per una sana riflessione. Unica domanda possibile. «Cosa?»

«Una cosa».

Lo zio si gira e sorride. Martino non ricambia.

Martino pensa alla parola "strano". Si aggiusta sul sedile e guarda dritto.

* * *

«Ti aspetto qui?», chiede Martino. Non è mai stato a casa dello zio. Una casetta piccola in campagna con giardino e senza cani.

«Eh? No, no. Scendi».

Martino scende. La mano dello zio ancora sul collo. Non fa male.

Dentro casa è fresco. Cucina pulita, piatti lavati, vestiti piegati e tanti soprammobili presi a spasso per il mondo e lì radunati. C'è anche un giradischi nero e un ripiano oppresso dai vinili.

«Vuoi qualcosa da bere?», chiede lo zio.

Martino scuote la testa.

«Cos'è che devi prendere?», sussurra.

Lo zio lo guarda negli occhi. Estrae dalla tasca il suo Hoyo de Monterrey, lo accende e aspira.

Strano, pensa Martino. Ancora la parola "strano" impazzita nella testa. Perché c'è qualcosa in quel dio che ora lo rende terribile. Il fumo odoroso del tabacco si arrampica su per le narici di Martino e si stampa nel cervello. Gli odori non si scordano mai.

«C'è una cosa che voglio farti vedere».

Le mani dello zio frugano fra i vinili, mani chirurgiche nella massa indistinta. Trovano *Give 'Em Enough Rope.* Clash.

«Hai visto?».

Le mani lo posizionano sul piatto. Le dita sollevano la puntina di ferro e azionano il giradischi. La puntina graffia, scortica. E la prima traccia, *Safe European Home*, riempie l'aria e la spacca.

Zio Tullio si slaccia i calzoni e se li sfila.

«Fa caldo».

Martino non riesce a non guardare. Negli slip il dio è gonfio.

«Vieni qui», sussurra lo zio.

«Voglio andare a casa», biascica Martino, stordito da un imbarazzo a cui non riesce a dare nome.

«A casa? Sei giovane e già vuoi andare a casa? Mi ricordi il nonno».

E imita la sua rugosa espressione sotto puntura.

Martino non ride, però si rilassa. Forse è un gioco, un gioco strano. Lo zio balla, come a casa, come quando c'erano i parenti, come quando c'era mamma.

«Togliti i calzoncini anche tu, è più bello».

Martino si toglie la maglietta blu.

«È pur sempre un inizio», ride lo zio.

E succede che ballano. Succede che Martino balla un ballo isterico di bambino squinternato. Succede che zio Tullio lo prende in braccio, lo lancia in aria e lo riprende. E succede che Martino ride. Succede che le labbra di zio Tullio si appoggiano sui calzoncini rossi, calde. Succede che Martino sente un brivido e qualcosa accendersi nella testa e qualcos'altro invece spegnersi.

Succede che lo zio lo mette giù. E lo tocca, lo cerca e lo trova. Succede che i calzoncini rossi calano. E succede che Martino dice voglio andare a casa.

Le dita di zio Tullio alzano il volume al massimo, la voce di Joe Strummer è un treno in pieno petto

...I went to the place where every white face is an invitation to robbery...[4].

Martino si chiude le orecchie.

«Abbassa la musica», supplica.

Zio Tullio parla piano, scandendo bene le parole, millantando una dolcezza che non conosce e trasudando un'autorità implacabile e ottusa. «È il nostro

[4] *Sono stato in un luogo in cui ogni faccia bianca è un invito alla rapina.* . (*Safe European home*, dall'album *Give 'Em Enough Rope*, The Clash, 1978).

gioco e il nostro segreto. Ti piacerà, vedrai. Non voglio farti male».

E invece ne è certo. Lo sa. È annunciato.

Farà male. Farà squarcio. Farà sangue.

Fa già.

Pleure rotte sull'anima.

E questo momento, questo adesso, questo ora, ficca tutti gli ieri del mondo dentro a una cassa. La chiude, la inchioda, la interra.

E senza un amen sfregia tutti i domani del mondo.

3
CATRAME, VODKA, RESURREZIONI
(Primavera 1999)

1

Estefan è steso sul letto nella sua stanza. Niente poster sulle pareti bianche, niente foto, niente vestiti in disordine. Solo fogli sparsi ovunque, pastrocchiati a china nera e rossa.

Fissa il soffitto. Fuma una delle sue Gauloises Blondes Blu. Il sacchetto di marijuana è nell'armadio ora. Quand'è messo così, niente erba, niente di niente di niente. Quand'è messo così ha bisogno di ancorarsi, di chiudere gli spifferi del cervello, di rinsaldare le transenne. E invece sente solo spazi sterminati e un vento che porta via.

Estefan non vorrebbe pensare ma pensa.

Delirium.

Un'ossessione che ritorna.

Passano mesi, a volte anni interi e non ci pensa. Poi ricorda che lo scivolo aveva un buco e i buchi in quella storia sono ben più grossi di quello nello scivolo. E se avesse sognato e se fosse accaduto e se fosse impazzito e se fosse malato e se e se e se.

Qualcosa di parassita, da qualche parte, prolifica nel suo cervello.

La suoneria di Estefan urla dal comodino. Il Nokia 3210 vibra contro la Pilot nera spostando un foglio di carta con sopra scritto:

Rifuggire gli stilemi del sangue.

Non rispondo, pensa. Poi pensa meglio.

«Eh», risponde.

«Dove cazzo sei».

«Martino, *sweet honey*...».

«*Sweet honey* un cazzo. Dove sei, avevamo appuntamento alle due. Ho provato a chiamarti un fottio di volte».

«Ah, già. È che non c'era campo».

«Ah, già?!».

«Già. Ero nel campo».

«Estefan».

Estefan lo sa, Martino ha ragione. Quello che non sa è perché riesce a fare il coglione anche quando si sente sommamente di merda.

«*Sorry sweet honey. I'm really really sorry.* Ora sono a casa».

Silenzio. Poi la voce di Martino scala di un ottava, struscia fuori da un anfratto. Calma.

«Mi hai fatto preoccupare».

Estefan tace, Martino continua.

«Le solite palle?»

«...Le solite palle».

«E tu non chiamare mai, mi raccomando».

«Bar Nizzi fra mezz'ora?»

«Bar Nizzi fra mezz'ora».

«Martino?»

«Dimmi».

«Che ore sono?»

«Sei un disastro. Sono le sette di sera del mese di giugno dell'anno 1999».

«Tempo perfetto per un aperitivo pesante, insomma. Ottimo. Ne ho bisogno. A dopo *sweet honey*».

«Fottiti».

Estefan sorride. Martino l'ha riportato al reale. E ora non sa che fare. Perché resta da riempire mezz'ora. E non è una mezz'ora da sottovalutare. È solo. Una mezz'ora da solo non è una cosa che contiene trenta minuti: è una voragine nel binario della sua giornata. Un buco nello scivolo. Potrebbe precipitarci dentro. E non arrivare a domani. Angoscia è sempre lì, in forma di precipizio mentale. Sente le vertigini, Estefan, e se prima ha sorriso è stata distrazione.

Ora quello di cui ha bisogno è un piano ben congegnato per aggirare l'Angoscia. Estefan sa che per raggiungere il bar Nizzi in auto occorrono dieci minuti scarsi, e sa che nove minuti e trentuno secondi saranno riempiti da *Cygnet Committee*, la canzone suprema di David Bowie, il Duca Bianco. Il Duca Bianco canterà per lui tutte le parole che gli servono, sempre le stesse, perché nelle canzoni, come nelle poesie, le parole una volta impresse non cambiano, diventano come gomene in mezzo alla tempesta.

I secondi che restano saranno spesi a parcheggiare con le gomme sul marciapiede proprio davanti al bar, così Nando s'incazza. Ma tanto chissenefrega, con tutte le vodke che gli chiede, Nando può comprarsene uno privato, di marciapiede.

Estefan sa che ora, di minuti, gliene restano venti.

Cinque minuti per farsi la doccia, due minuti per vestirsi. Un minuto per scendere le scale. Due minuti passati semplicemente a ricordarsi come si respira. Perché quando sta così, respirare è come buttare fuori una pallina da tennis legata a una corda elastica, che rimbalza indietro e gli si strozza in gola. E se respira male lo sa, gli si inceppa il cervello.

Si tira a sedere sul letto e sente il peso della testa. Si passa una mano fra i capelli né lunghi né corti, castano chiari, scarmigliati *ad hoc*. Pensa alle parole di *Cygnet Committee*, per tenere a bada la mente.

...Kick Out The Jams / Kick Out Your Mother / Cut Up Your Friend / Screw Up Your Brother or He'll Get You In the End...[5].

L'acqua purtroppo scivola via. Non penetra. Nessuno tsunami d'acqua sradica il cervello. Estefan esce dal box doccia e non si asciuga, seminando gocce sulle piastrelle e poi sul *parquet* della stanza. Una maglietta bianca senza scritte, un paio di jeans tagliati al ginocchio. Il sacchetto di marijuana preso dall'armadio e ficcato in tasca.

And I close my eyes and tighten up my brain[6].

Sono le sette e venti. Le chiavi nella Due Cavalli bianca fanno accendere il motore. Le dita premono il play

[5] *Eliminate i Problemi / Eliminate vostra Madre / Fate a pezzi i vostri amici / Scopatevi vostro fratello o lo farà lui alla fine* (*Cygnet Committee*, dall'album *Space Oddity*, David Bowie, 1969).

[6] *Ed io ho chiuso gli occhi / e sprangato il cervello* (*Cygnet Committee*, dall'album *Space Oddity*, David Bowie, 1969).

di un micro stereo rosa a batterie infilato nel cruscotto. Il Duca Bianco sa quel che dice.

E l'unica direzione possibile, ora, è il bar Nizza.

* * *

Martino è già lì. Seduto sulla sua Vespa bianca. Marlboro rossa serrata fra le labbra e un grugno che assomiglia a un sorriso.

Estefan lo vede, spinge *off* sul micro stereo e non rallenta. Arriva quasi addosso a Martino in un rumore di gomma che stride. Martino balza giù dalla Vespa e butta a terra la cicca.

«Che stronzo!».

Estefan gira la chiave e scende. I due si avvicinano. Si sorridono. Non si abbracciano. E fianco a fianco entrano in un silenzio ritrovato.

«Toglimi quella cazzo di Due Cavalli scassata da lì davanti».

«Ciao Nando, io sto bene, grazie. Tu?»

«Fanculo», rutta Nando. Quarant'anni e una faccia da trisavolo, pancia da birra, maglie *premaman*, calvizie prepotentemente nascosta da un cappellino del Rimini color rosso stinto e bianco sporco.

«Vorremmo del caviale, per cominciare, il tutto innaffiato con dell'ottimo Dom Pérignon, s'intende».

«Ti dispiace se prima vado a pisciare?», chiede Nando, con l'entusiasmo di un becchino cirrotico.

«Con comodo. Noi l'aspettiamo al solito tavolo sotto il *dehor*».

«Cagate a parte, vi porto il solito?»

«Il solito, Nando, grazie. Vuoi davvero che ti sposti la macchina?»

«Lascia perdere. Vai sotto il gazebo e togliti dai coglioni, va'».

Estefan strizza l'occhio a Martino e assieme si tolgono dai coglioni.

* * *

«Come sei tornato a casa?»

«Ci sono tornato. Non mi succede più come dieci anni fa. Non tocco le scritte. Prendo un foglio, ci scrivo sopra qualcosa, qualsiasi cosa, e il mondo resta com'è. Ma mi ero dimenticato, cazzo. Mi ero dimenticato».

«Cos'hai scritto?»

«Mah, niente di che. Una frase. Non te lo so spiegare, ma è un po' come se mi impedisse di... come se mi aiutasse a... a restare coi piedi per terra».

«Me la leggi?».

Estefan tira fuori dalla tasca un taccuino decisamente vissuto, in stile Moleskine, bordeaux. Lo sfoglia, fino all'ultima pagina scritta a inchiostro nero. La sua calligrafia è fitta, il vento del pensiero la spazza tutta verso destra, arabeschi di vento nero su pagina bianca.

«Tieni». Lo porge a Martino.

«Cazzo come scrivi. Mi si attorcigliano gli occhi».

Sulla pagina è scritto:

Le mie apocalissi lisergiche.
La mistica del mio corpo è un'intuizione che sanguina.

«Io non ci capisco un cazzo, ma mi sembrano forti le cose che scrivi, potrebbero essere come delle poesie, forse».

Martino chiude il taccuino e lo appoggia sul tavolo, le mani di Estefan, rapide, lo rimettono in tasca.

«Non sono poesie. Mi servono solo a non precipitare nei buchi».

Silenzio. Sul tavolo quattro bicchieri vuoti e due pieni di vodka liscia, un pacco di Marlboro rosse e uno di Gauloises Blondes Blu. Martino pensa, guarda l'amico e ingoia le parole, le soppesa. Infine le lascia uscire così come gli vengono. Così come gli sono già venute.

«Estefan io... ti ho già detto quello che penso e...».

«Non erano allucinazioni». Estefan allontana bruscamente il bicchiere di vodka e afferra una Gauloise. «Ricordi quando toccai *Cani Neri*?».

Martino abbassa gli occhi e annuisce.

«Non sono allucinazioni, Martino. Sono reali».

Porge il braccio sinistro all'amico, mostrandogli sul lato esterno del polso una cicatrice bianca e larga che richiese, a suo tempo, ago e filo.

«Questa è vera».

Silenzio.

«Hai paura che ti ricapiti?».

Estefan ingolla l'ultimo sorso. Gli occhi bucano un punto di cielo, fissi.

«Ho paura anche quando ripenso a quello che è già stato. Sì, ho paura. Non ci avevo più pensato, è parecchio che non ci penso, ma poi mi ritorna tutto alla mente e ho paura di perdere il controllo, che mi ricapiti chissà cosa, di precipitare in chissà quale buco. Di uscirne completamente pazzo. È come camminare su un rasoio, anche quando dimentico ho sempre la sensazione che ci sia qualcosa da qualche parte nascosta qui dentro 'sto cazzo di cervello, pronta a divorarmi intero». Fissa Martino con occhi che sembrano braci.

«E tu?».

Martino scuote la testa.

«Io cosa? Dovevo dare l'erba a quell'idiota di Gianni, ma... tu giocavi col Bianconiglio nella valle del Marecchia...».

«Già, l'erba!». Estefan infila la mano nei jeans, afferra il sacchetto incriminato e lo sbatte sul tavolo.

«Ma sei scemo?». Martino lo afferra, se lo infila in tasca e lancia un rapido sguardo intorno: nessuno, nemmeno i vecchi, che all'ora dell'aperitivo sono già in casa a digerire la cena.

«Domani c'è l'ultimo compito di tecnologia», sorride Estefan.

«Già. Quindi ora vado a casa e mi alleno alla Playstation, se non ti dispiace».

«Offro io».

«Comodo, abbiamo bevuto solo tre vodke a testa, 'sto giro».

«Be', tu sei più generoso di me, l'ho sempre detto».

I due si alzano, incerti sul proprio asse.

«Ma ci pensi che magari in questo momento siamo a testa in giù nel cosmo?», fa Estefan.

«Sei ancora troppo lucido, altrimenti ti ricorderesti

che il concetto di testa in giù e di testa in su nel cosmo non esiste».

«Quindi il tuo uccello ha la testa in su o ha la testa in giù?»

«Il mio uccello non ha la testa, Estefan, solo una splendida cappella affamata».

«Un uccello senza testa è una cosa macabra, non trovi? Potrebbe volare su qualsiasi cosa».

«Il tuo lo so dove volerebbe».

«Ah, sì?»

«Sì».

«Sentiamo».

«Alice quarta D, ti dice niente?»

«Paga, va'».

«Ma non avevi detto che pagavi tu? Ecco, vedi? Dico Alice quarta D e tu non capisci più un cazzo. Ho percepito un movimento nei tuoi jeans».

«Toglimi gli occhi dall'uccello», ribatte Estefan, e fingendo disappunto paga. Fingendo noncuranza, Nando incassa.

Fuori dal bar Nizzi, mentre Estefan fa retromarcia sgombrando il marciapiede, Martino ha un'unica cosa da dire e la dice.

«Se hai bisogno chiama, a qualsiasi ora».

Estefan lancia uno sguardo inequivocabile alla mano livida di Martino.

«Anche tu bello».

Martino abbassa gli occhi.

E se ne vanno.

2

Il Duca Bianco ascoltato al ritorno è meno efficace di quello sentito all'andata. Estefan compensa alzando il volume. La vodka in circolo si fa sentire, a dissimulare sobrietà è un dio. È un dio a dissimulare ogni movimento interiore. Quel che è certo è che sente la nausea salire e la testa fluttuare. Sa di essere in ritardo. Sa che a casa sua si cena alle venti. Non un minuto in più non uno in meno, da sempre. Perché i suoi tornano alle diciannove e trenta e quei trenta minuti devono essere riempiti con i preparativi della cena. Estefan, dalle altezze della sua mente alcolica, pensa che la vita è tutta un riempire buchi. Chi si ferma precipita. E non è quel genere di caduta da cui ci si rialza spolverandosi i calzoni.

La Due Cavalli urta con la ruota anteriore il marciapiede di INA Casa, il quartiere popolare che costeggia il parco Marecchia. Estefan spegne l'auto e scende, contempla la linea obliqua che la Due Cavalli traccia rispetto al marciapiede: può essere comunque considerato un parcheggio, pensa. Infila il cancello e sale. Zompa su per i gradini, due a due. Non che ci sia molta strada da fare, abita al primo piano. La tromba delle scale è sempre pulita, ma nonostante questo puzza di piscio di gatto. Colpa della dirimpettaia. Non esce mai, eppure è viva, dicono. Si sente persino chiocciare, dietro la porta. Oltre che miagolare e cinguettare. Una sorta di zoo urbano. La cosa non lo tocca, il piscio di gatto non è una tragedia. La chiave che fa ruotare nella toppa alle venti e quarantacinque potrebbe diventarlo.

Estefan entra.
Chiude la porta.

3

«Dove vai?», le chiede nonno.

Greta se ne sta dritta, dentro ai suoi stivaletti di gomma rossi, davanti alla porta che conduce sul retro. La luce non la penetra, dai suoi stivali una lingua d'ombra lecca il pavimento fino alla sedia di vimini su cui nonno siede; separa le foglie guaste da quelle buone dal cespo d'insalata dell'orto.

«Sono le otto e mezza, nonno».

Nonno non alza la testa, il cespo è un rosario, ogni foglia un grano.

«Non fare tardi».

Il retro di casa è un appezzamento di terra a forma di L rovesciata, costretto ai lati da una recinzione di rete arrugginita con in cima del filo spinato. Oltre la rete e il filo, a destra, c'è uno sfasciacarrozze; i moncherini di lamiera luccicano e l'odore di gomma cotta si arrampica su per le narici e mette tristezza. In fondo, dove la L termina, i muratori impalano terra con tubi di ferro e colano cemento. Costruiscono una bifamiliare con terrazzi e posti auto.

Il retro di casa è come un organo che ancora pulsa, ma è questione di tempo, ormai è stato reciso.

Davanti invece ci passa la Marecchiese, una strada provinciale che taglia Rimini fino a Verucchio, un cesareo da cui gli automezzi abortiscono gas di scarico perenni.

A sinistra c'è la SPAR, la fabbrica di legname. Era tutto terreno di nonno, una volta. Poi nonno l'ha venduto ma ha tenuto gli animali, tranne maiali, vacche e cavalli, perché impegnano e ingombrano.

Però Perla è rimasta. Greta profuma di bagnoschiuma alla ciliegia, sempre lo stesso. Ed è un odore che frusta le froge di Perla e la fa uscire trottando da quel che resta della vecchia stalla. Ha quasi dieci anni come Greta, il pelo color burro e il dorso incrostato di fango, terra e sterco.

«Ti sei rotolata ancora».

Greta sorride. E quando Greta sorride spariscono i fili spinati e le lamiere, i mostri meccanici che sbranano il legno e il traffico perenne che scava le sue tane nelle orecchie e fa scordare il suono del silenzio.

Perla trotta per due volte lungo il recinto; Greta solleva la spranga di ferro che assicurava il cancello di legno ed entra, la cavalla rallenta, si ferma e lascia che Greta le cinga il collo a piene braccia e le baci il muso. Le permette di infilare le dita dolci nell'angolo esterno della bocca, lasciando che scivolino lungo il perimetro umido e morbidissimo. Quello che si crea, in attimi come questo, è un embolo di favola nel cervello tumorale del mondo.

«Ti ci vuole una bella pulita, vero?».

Greta entra nel regno di Perla, un monolocale di paglia e legno, cinque metri per sei di assi fulve su cui si arrampicano atolli di polvere. L'odore punge, ma il cervello non registra alcun tipo di puzza. È un odore che la raggiunge persino in sogno, a volte. Perché gli odori non sono né buoni né cattivi. Li si ama o li si odia.

Tra le assi si insinuano rette di luce rossastra; trafiggono pagliericcio, escrementi sferici e fango. Ragnatele lanuginose e fittissime brillano, brilla l'ala sinistra di una gallina bianco calce, immobile come un'ossessione. Cova, annidata su tre balle rettangolari di fieno impilate.

Sopra la gallina, un armadio a muro schizzato di merda di polli. Greta lo apre, dentro ci sono striglia e brusca, una cassetta di pronto soccorso, una torcia per quando arriva il temporale e salta tutto, e il fucile a canne mozze del nonno. La gallina ha sbattuto le ali in segno di viva protesta, ma non si è mossa. Ha qualcosa di molto prezioso sotto il culo. E Greta lo sa.

«Scusami».

Afferra la striglia per il manico e infila la mano nella fascia della brusca.

La striglia è di quelle di una volta, col manico e i denti ondulati in ferro. Greta la fa scorrere con forza. Pelo e contropelo. Il dorso di Perla libera nuvole grigie, cellule morte e polvere. Muso labbra e lingua vibrano di piacere, Greta la guarda e ride. È buffa Perla, quando gode. Ora polvere e fango sono stanati, riposano sul dorso, strappati al pelo. È il turno della brusca ovale in legno, Greta prende a spazzolare Perla, la coccola e la lucida. E poi ancora striglia, con quel suo suono ruvido di cosa che abrade, e poi ancora brusca, dolce, suono di setole, di violino di carne. E oltre la brusca e la striglia, c'è la coda di Perla che frusta contro le zampe, e le ali dei polli che frullano addosso alle reti, ci sono le cicale, e il bombire delle api, c'è il vento che pettina le foglie e fischia fra le scheggiature delle assi. E tutto questo è musica nel rosso che cola dal cielo, che cola incendia e scolora questo assediato straccio di campagna, svanendo dietro i confini del mondo.

Gli stivaletti di Greta calpestano paglericcio e terra, li fanno suonare. E spariscono nel buio della casa.

4

Mamma lava i piatti, e ci tiene a fare sì che tutti se ne rendano conto. Il clangore di stoviglie sovrasta la televisione, che a quell'ora non tace mai.

Nonostante questo, Estefan sa che i suoi l'hanno sentito entrare. E non hanno detto nulla.

«Ciao», dice. Con quel tono di chi non dà importanza al sottotesto, o meglio, di chi ci prova e non ce la fa.

«Ciao Estefan», dice suo padre, lo sguardo fisso vorrebbe essere truce.

Mamma non saluta e non si volta.

La commedia ha inizio, secondo canoni classici, consolidati, rassicuranti.

«Avrai fame», insiste suo padre con sarcasmo di fiele.

«No», risponde il figlio a voce bassa.

Mamma si limita a scuotere la testa mentre scrosta il fondo di una teglia che trasuda olio e briciole di pizza. Il suo silenzio non durerà molto. Funziona come una pentola a pressione, lei.

«Magari hai sete». La tortura preferita di suo padre è

quella cinese della goccia. Gliela raccontò che aveva otto anni, e ogni tanto ci torna sopra. Estefan si immagina legato alla sedia della cucina, per ogni domanda una goccia, a battere nello stesso preciso punto sulla sua testa. Goccia dopo goccia fino a perforare il cranio.

«Non ho nemmeno sete, grazie».

Mamma sbatte la teglia sgrassata sul lavabo. Il rumore è sordo. Lacrime di acqua e detersivo sulle piastrelle. Quand'è così le vengono quegli occhi tempesta. «Prego!», strilla.

Estefan non guarda Mamma negli occhi. Non guarda nemmeno suo padre. Sa che tra poco non esisterà più. Inizieranno le loro faide antiche e lui potrà scivolare via, verso la sua stanza come un pugno di polvere. Ma per ora sta, come stanno i gatti davanti ai fari o come un sacco, fra due pugili riottosi.

«Claudia, non c'è bisogno di urlare».

«Certo! Non c'è bisogno di urlare! Vero, Estefan? Vuoi mangiare? Vuoi bere?! Ci dice anche grazie! Ci prende pure per il culo!».

«Claudia».

«Claudia, Claudia. Sempre Claudia. Claudia è pronto? Claudia quando si mangia?»

«Questo cosa c'entra adesso?». Anche il tono di suo padre sale. Claudia guarda il figlio.

«Dove sei stato?».

Lo sguardo rapace di Estefan precipita sul tavolo della cucina, sopra un tagliere predato: registra briciole, e un unico pezzo di pizza al centro. Un avanzo.

«Ero con Martino».

Un avanzo per il figlio più stronzo.

«È la quinta volta in una settimana che fai tardi e non avverti. Tua madre ha provato a chiamarti più di una volta, oggi», incalza suo padre. Si strapperebbero gli occhi l'uno con l'altra, ma quando si tratta di prendersela col figlio più stronzo sono compatti. Formiche rosse, api, piranha: guerrieri minori coalizzati contro un'unica preda.

«Ho scordato il cellulare a casa».

«Certo. Lo so. Lo sanno tutte le pareti di casa!», sibila Mamma.

«Allora perché hai insistito a chiamarmi?», chiede Estefan.

La mano parte, a palmo aperto e rigido: una frusta. La giusta punizione per una domanda intelligente. La giusta punizione per una domanda sfrontata.

«Claudia».

La guancia brucia. La razionalità abdica. Sul trono s'insediano venti siderali, immagini scomposte, ricordi, paure. Lo scivolo aveva un buco.

Mamma piange.

«Bravo. Complimenti. Hai fatto piangere tua madre», proclama suo padre.

Ma Mamma conosce la formula del controllo e la mano ora è anche scopa, spazza via le lacrime. Lo strofinaccio nelle sue mani non asciuga posate né stoviglie; nelle mani di Mamma viene sistematicamente strizzato, torturato, stropicciato.

«Sono anni che fai il diavolo che ti pare. Entri ed esci

quando vuoi. Non dici mai niente. In casa mai una mano. E ti fai pure bocciare».

«Tua madre ha ragione».

L'avanzo di pizza ha il bordo bruciato, è freddo, croccante. Si vede che è croccante e anche che è freddo. L'avanzo di pizza lo fissa, Estefan si sente fissato. L'avanzo di pizza vorrebbe parlare, o almeno così gli sembra. L'avanzo di pizza vorrebbe cambiare i colori della stanza e questo è un problema, un pensiero folle, micidiale. Ma la sensazione è quella, che l'avanzo di pizza voglia virare tutto al seppia, e mai come adesso Estefan si ricorda che lo scivolo aveva un buco, mai come adesso Estefan vuole ricordare che lo scivolo aveva un buco, un bucovoragine che spaventa, stravolge e rovescia il reale in fenditure di orrore che cola, colora e rassicura. Rassicura, sì, rassicura. Assurdo. Ma è così. Lo scivolo aveva un buco. Un pensiero che rassicura, come se il cervello di Estefan tirasse fuori zanne e mordesse un punto fermo, l'unico: il buco, il buco nello scivolo. E non sente Mamma che in cucina reitera la nenia del «non durerà per sempre lo sai, vero? Non è che io e tuo padre ci facciamo il culo così tutto il giorno perché ci diverte. Non è che ci diverte mantenere te che non fai nemmeno il minimo richiesto. Lo sai, vero?»

«Mi viene da pensare che non ti rendi conto», aggiunge suo padre. Come se ci fosse da aggiungere qualcosa sopra una zattera che affonda. Ma lui aggiunge: «La vita non è uscire con gli amici e rimandare a domani gli impegni, ci hai mai pensato? Tu non ce l'hai un'idea di quanto è dura la vita, credimi Estefan, non ce l'hai proprio per niente. Nemmeno te l'immagini tu, cos'è la vita. Non è come la vivi tu che funziona, ragazzo, non è così che funziona».

E poi Mamma continua: «Non sono tre quarti d'ora di ritardo a farci imbestialire», dice. «Siamo stati ragazzi anche noi. È l'insieme, Estefan. È tutto l'insieme che non va bene per niente», dice. «Non ti meriti niente».

Lo scivolo aveva un buco. Loro non lo sanno, non l'hanno mai saputo.

E c'è qualcosa di violento che calcia muto nella pancia. Perché Estefan non sa dire, non sa comunicare quel disastro. Non sa farsi vedere. Se ne sta lì e incassa. E pensa che sì, lo scivolo aveva un buco e dopo il buco ci sono stati i cani. Neri. I cani neri che ti inseguono nel buio.

Lo scivolo aveva un buco, e questo, ora, è un pensiero che protegge, protegge dalla pizza che vorrebbe assaltargli il cervello e sbiadire i colori risucchiandolo indietro, in un ricordo marcito chissà dove, da qualche parte, nella mente.

Lo scivoloavevaunbucoloscivoloavevaunbucoloscivoloavevaunbuco.

Basterebbe distogliere lo sguardo da quell'avanzo che sul tagliere urla.

«Estefan!».

Urla Mamma. È molto arrabbiata. Perché il figlio più stronzo sembra davvero non sentirla. Il figlio più stronzo non l'ha guardata negli occhi, non l'ha ascoltata e ora Mamma è rossa e grida tu mi fai star male, mi fai star male, ci fai stare male tutti.

Estefan si volta, e vede Mamma più giovane con gli occhi tempesta.

Mamma che strepita: «Cos'è successo, perché sei cresciuto così?». Mamma che insiste: «Cos'è successo?».

Colpo di stato della mente. I colori spariscono. Estefan non sa se è colpa di Mamma che urla o dell'avanzo che grida dal tagliere. Sa che gli sale in corpo un attacco di panico che lo paralizza. Cos'è successo? Ha gridato Mamma. E qualcosa è saltato nel cervello. Deve uscire. Deve stare lontano da Mamma, perché quello che succede non è normale, non è normale per niente. C'è un'unica via di fuga, un'unica parola possibile, un paradosso sconcertante: «Buonanotte».

«Ecco. Tuo figlio ha detto buonanotte», dice suo padre.

Estefan si trascina nella sua stanza, Mamma impreca, ma non lo insegue. Schiavi, ognuno, di immobilità indecenti. L'immobilità di Estefan ha gambe che conducono in stanza e un'ossessione: loscivoloavevaunbucoloscivoloavevaunbucoloscivoloavevaunbuco.

Estefan, figlio più stronzo, gatto davanti ai fari, sacco per *boxeur*, se ne va, e i pugili sperimentano la crudezza del ring. Non sente i loro colpi, né il loro ansimare di corpi in battaglia. Meglio non esistere, a volte, per gli altri. Meglio, a volte, non esistere affatto. Estefan scivola in camera sua, come fosse senza peso, manovrato da fili di pensiero roventi.

Le serrande alzate rovesciano una luce di sangue.

Estefan non le abbassa, forse il sangue è nella testa, pensa. Si butta sul letto.

Cos'è successo, ha gridato Mamma.

Il sonno lo falcia.

5

Odore d'incenso. Penetrante e freddo. Odore di legno che puzza di chiesa. Freddo, molto freddo: un freddo umido che abita le ossa e le dilata. Estefan apre gli occhi. È nella sua stanza, le tende si gonfiano, qualcuno ha aperto le finestre. Calcia via le coperte e si siede sul letto. I piedi non toccano il pavimento. Strano, pensa. Ho diciannove anni. Ho diciannove anni e i miei piedi dovrebbero toccare il pavimento. Si cerca le gambe con le mani, le trova: sottili. Sottili e glabre, glabre come gambe di donna. O di bambino. Ansia. La luce lunare preme contro le tende e assieme all'aria le gonfia. È una luce glauca, lattiginosa, malatissima, che stira le ombre e fa baluginare i contorni delle cose. La luce scova una culla. Non ci dovrebbero essere culle nella stanza di Estefan. La luna non mente, c'è una culla e puzza di incenso e di legno. E c'è rumore. Un sottofondo alle cose che ghiaccia il sangue e lo rompe, scagliandolo a terra da rovinose altezze: è rumore di respiro, di rantolo. Richiesta rantolante di soccorso imminente.

Estefan si sporge dal letto. C'è un vento siderale lì sotto, uno spiffero immenso. Si sporge: c'è un buco, un bucovoragine che gli alita in faccia il fiato di Mamma.

«Cos'è successo?», urla il buco.

«Cos'è successo?!».

E oltre al fiato di Mamma, che aggredisce l'aria della stanza e la stupra, lì sotto c'è qualcuno che piange. Vagiti disperati.

Poi la mano di Mamma esce dal buco.

«Cos'è successo?».

La mano di Mamma non ha dita belle, ha dita uncinate. E unghie che raschiano il parquet della stanza. Estefan si accuccia sul letto, le coperte sono fradicce ora, puzzano come di mare morto, le coperte sono alghe, urticano. C'è solo da prendere e saltare, saltare oltre il bucovoragine da cui sporge un'altra mano scarnificata fino all'osso, a forza di grattare e raspare e cercare di risalire l'abisso da cui alita il fiato di Mamma. Ha due mani il buco. E chissà cos'altro brulica là sotto, perché quelle non sono le mani di Mamma, eppure lo sono. E allora chissà com'è la faccia di Mamma là sotto.

Estefan non lo vuole sapere.

Salta.

Il *parquet* non è solido per niente, è legno fradicio, non è un pavimento, non è un terreno sicuro. Estefan è di fianco alla culla: si agita qualcosa di grosso là dentro, qualcosa di peloso che vagisce. E ringhia. Vagisce con la voce bassa di un maschio feroce e ringhia con il pianto di un feto. Ma soprattutto, Mamma esce dal buco.

Trattenere l'urina è un'utopia. Perché il piscio è l'unica cosa che scalda, e Mamma è una visione che nega

Dio e ogni Bellezza. Non è brutta Mamma. È molto di più: intollerabile.

Nei capelli, che non sono capelli ma alghe, germina un sottomondo batterico che infetta. La pelle è secca, come di viso inumato, asciugata sulle ossa e tirata, a evidenziare il teschio. Gli occhi sono melassa nera che bolle, come fosse sul fuoco. Ci vedi bolle nere negli occhi di Mamma. Bolle di melassa in ebollizione che colano sopra un petto secco con costole che pungono la pelle e la bucano. Non cola sangue. Non cola nulla. Mamma è un mostro inumano.

Estefan corre.

Mamma affonda la zampa nella culla, tira su la cosa pelosa che ringhia e vagisce, la tira su assieme alla coperta e ce l'avvolge dentro; un cartoccio di carne cruda. La creatura le si agita contro il petto immondo, latra. Le lenzuola si impregnano, gocciolano. Sangue. Sangue venoso che coagula a terra, nero. Ogni goccia un buco, una voragine, una bocca, nel pavimento che respira. Incenso e umido fanno nebbia ovunque. Il corridoio è nebbia, densa, pesante. Estefan corre e in fondo c'è solo il muro. Mamma lo sbranerà, o forse lo costringerà a sbranare quel cartoccio di carne cruda che sanguina e vagisce. Mamma avanza, si avvicina, incede e ulula: «Cos'è successo?!».

La cucina, pensa Estefan. A sinistra ci dev'essere la porta della cucina, c'è sempre stata. Devo entrare, pensa. E la porta è lì, dov'è sempre stata. Estefan afferra la maniglia, la apre, ma fa appena in tempo a respirare, appena in tempo, perché poi il respiro gli si strozza in gola: nessuna cucina oltre la porta, al suo posto c'è invece un parco sterminato con uno scivolo al centro. Lo scivolo ha un buco. Un bucovoragine che lancia una luce verticale che acceca. Mamma lo sta raggiungendo, è nel parco. Da dietro gli alberi, tanti alberi, tante Mamme escono con tante bestie urlanti strette al petto. E tutte urlano: cos'è successo?!

Estefan corre verso l'unica tana, o verso l'unica morte possibile.

Si affaccia sul buco, il viso stravolto, i pantaloni zuppi, si affaccia sul buco e non vede altro che luce. Ci si sporge, chiude gli occhi e precipita.

Si sveglia di colpo.

Estefan scatta a sedere sul letto, i suoi piedi toccano il pavimento, le sue mani cercano i peli delle gambe e li trovano: ha diciannove anni. Le finestre sono chiuse. Nessuna puzza d'incenso e nemmeno di legno Non c'è umidità. Non c'è culla, non c'è buco, non ci sono uncinate mani di Mamma a risalire l'abisso.

C'è dolore, questo sì.

C'è Angoscia grande, perché un ricordo violento è tornato, e assieme a lui i buchi, infiniti, di cui quello nello scivolo è certamente il più piccolo. Tornano con la violenza delle maree. Rompono i cardini delle segrete con rumore di ossa frantumate. Tornano i cani neri, che mordono comunque meno dei ricordi emersi dal fondo. Perché c'è un fondo, dentro le persone, dove si possono chiudere a chiave i nomi e le facce, si lasciano lì, a marcire nel buio.

Ma ora ricorda.

E il lezzo sale. Il lezzo sale e il sipario crolla. E per la prima volta Estefan capisce che lo scivolo non ha mai avuto un buco.

C'è qualcuno che invoca dall'abisso una sepoltura decente, una cerimonia, un rituale. Estefan guarda la sua stanza, le mani tirano i capelli, il moccio gronda dal naso. I singhiozzi sepolti gli scuotono il petto di ragazzo come fosse uno stelo in mezzo a un mare forza otto.

Estefan odia la sua stanza. Lo aveva scordato.

Odia la sua stanza perché ora ricorda. Non è stata solo sua. È stata condivisa, un tempo.

Con un nome che aveva una faccia.

Una faccia che aveva un corpo.

Un corpo fratello.

Cos'è successo?, urlava Mamma.

Il cuscino premuto sulle labbra inghiotte singhiozzi e lacrime.

Le segrete gridano un nome.

Aveva dimenticato.

Ora ricorda.

Sebastiano. Sebastiano. Sebastiano.

4
CONSANGUINEI
(Primavera 1989)

1

La luce dei lampioni filtra appena dai fori della serranda. Macchie di luce sulla carta da parati azzurra, con macchinine rosse e palloncini gialli. Sono le dieci di sera. Sebastiano dorme nella culla di frassino. Ha un mese, cinque giorni e un sacco di capelli. La porta della stanza è socchiusa, sotto scivola una luce arancio, calda, che profuma di pizza.

In cucina ci sono mamma, papà ed Estefan. Sembra una di quelle scene girate in Super Otto con toni caldo seppia, leggermente sovraesposti.

«È buo-nis-si-ma!», proclama Estefan, con il sorriso pastrocchiato di pomodoro e liane di mozzarella fusa.

«Oggi a scuola hanno scomposto in sillabe», sorride mamma mentre papà mastica vorace.

Per Estefan è una serata splendida. Lui, mamma e papà. Mamma e papà che parlano di Estefan. Che esistono solo per lui. Mamma e papà in esclusiva. È contento che sia nato Sebastiano. Molto. Lo aveva chiesto a Babbo Natale tutti gli anni da quando ne aveva quattro. E alla fine era arrivato.

«Ci sarà stato qualche ritardo nella consegna delle

lettere, come succede alle Poste», aveva commentato suo padre, e mamma aveva riso e pure Estefan, senza capire perché. Aveva pensato che alla fine i desideri si realizzano. Certo, era geloso di quel fagottino flautolente pieno di capelli e tutto strilli, però era bello non sentirsi figlio unico; in qualche modo, in serate come quella, sentiva di avere l'amore di mamma e papà in modo speciale, non abitudinario, in un modo che i figli unici non conoscono. Per questo amava la serata della pizza, una serata ormai istituzionale, un appuntamento settimanale imperdibile. Altre sere invece giocavano a Scarabeo, a Hotel, a Brivido. In sala giochi ci andava solo con papà ora che c'era Sebastiano, ma tanto mamma non aveva mai amato le sfide a biliardino, e i videogiochi di guerra li trovava orrendi.

L'unica fregatura erano le notti in bianco. Ma papà gli faceva l'occhiolino e mamma aveva gli occhi belli anche quando erano rossi e sotto le si disegnavano cerchi di pelle gonfia.

«Chi vuole finire la pizza?», domanda mamma.

«Io!». La mano di Estefan si alza.

«Io!». La forchetta di papà pure.

«Mettetevi d'accordo».

«Facciamo a metà», dice papà infilzando l'ultimo pezzo. Lo taglia in due parti quasi uguali e mette la più grossa nel piatto del figlio. Per Estefan è normale, per Estefan è giusto; papà è il capobranco che sfama il suo cucciolo.

«E ora a nanna anche tu», sorride mamma.

Estefan si sente un gavettone nella pancia, anzi, uno

di quei giubbotti salvagente che trovi sotto il sedile degli aerei, di quelli che tiri il gancio e si gonfiano di botto. Ha mangiato con la voracità di una locusta e ne è soddisfatto. Scivola giù dalla sedia e bacia papà.

«E speriamo che il tuo fratellino stanotte righi dritto e ci faccia digerire per bene».

Poi bacia mamma.

«Lavati i denti, prima».

Estefan annuisce. Mamma lo stringe a sé.

«A domani, amore»

Il sapore di dentifricio in bocca è un peccato, sfratta quello di pizza e secca le labbra; questo pensa Estefan mentre spinge piano la porta della sua stanza. Entra in punta di piedi. La luce arancione dipinge un quadrilatero sbilenco che circoscrive la culla, vede la sua ombra spezzarne il perimetro e mangiarsi il corpicino di Sebastiano. Estefan lo osserva con attenzione, lo ha sempre osservato con attenzione, la stessa che si potrebbe riservare a un alieno. Il fatto che il suo fratellino sia uscito da mamma, da quella parte di mamma che lui sa che esiste ma della quale non si parla mai, resta per Estefan uno dei più grandi e inspiegabili misteri della vita. Gli sfiora col dito la guancia morbida e calda, il viso di Sebastiano si stropiccia appena, non vuole essere disturbato, sta sognando, forse sogna le tette di mamma o forse le forme colorate del piccolo mondo che lo circonda, forme ancora senza nome e senza significato, cose che semplicemente esistono. Estefan ritira la mano, socchiude la porta e si infila nel letto. Rumore di stoviglie dalla cucina, la voce calda di papà in sottofondo e le risate di mamma. Il respiro di Sebastiano dalla culla. Un respiro che non è rigurgito, né colpo di tosse, un respiro *articolato*, pensa Estefan. "Articolato" è una parola che ha imparato tre giorni prima durante la lezione di grammatica. Ben collegato e sviluppato nelle sue parti, questo significa.

Estefan registra il suono nella sua mente.

Speriamo che non si svegli, pensa.

E si addormenta.

Le sveglie delle sette suonano simultaneamente nella stanza di Estefan e Sebastiano e in quella di mamma e papà. Estefan allunga la mano sul comodino e la mette a tacere, poi apre gli occhi. Ha proprio dormito, un sonno profondo e continuo come non gli succedeva da un mese e cinque giorni. Si alza dal letto e cammina rimbambito verso il bagno. In corridoio incontra papà, ha la faccia riposata come non gliela vedeva da un mese e cinque giorni.

«Stanotte abbiamo poltrito eh?».

Estefan sorride. Vede mamma uscire dalla sua stanza, sorridergli e biascicargli un buongiorno. La vede entrare nella cameretta.

Estefan batte papà sul tempo ed entra in bagno. La vescica che preme.

«Sebastiano...». È la voce di mamma.

Estefan si tira giù i calzoni del pigiama.

«Sebastiano, Sebastiano», le sente dire più forte.

«Cosa c'è?», dice papà. L'allarme nella voce.

«Sebastiano, ti prego!». È mamma che urla. L'uretra

di Estefan si strozza e resta muta, il pavimento pelvico è cemento, il detrusore un paralitico.

«Rispondimi!». È ancora sua mamma, dev'essere sua mamma: non ne è più così sicuro. Perché la voce latra, un'ottava sopra l'urlo.

Estefan si tira su i calzoni ed esce dal bagno, d'istinto.

In corridoio mamma non c'è più, o meglio, Estefan la vede, gli sembra di vederla, ma non la trova. Al posto di mamma c'è un suo doppio storpio, una sua caricatura orrorifica, repellente, bestiale. In corridoio, ora, c'è Mamma. Con la M maiuscola. Maiuscola come Angoscia.

«Cos'è successo?! Cos'è successo a tuo fratello?!», grida Mamma con occhi di orsa inferocita. Ha dita contratte, Mamma, schiena curva e bocca incrinata. E la colonna vertebrale del sorriso spezzata in più punti. È una maschera, Mamma. È brutta. È arrabbiata.

Ha un dolore.

Se lo serra al petto.

Il dolore ha un nome: Sebastiano.

Sebastiano è morto.

Non gliel'ha detto nessuno che è morto. Lo ha capito da solo, come lo capiscono gli animali. Estefan ha visto mamma morire entrando nella stanza. E ha visto Mamma possedere il suo corpo e uscire, con suo fratello morto in braccio.

Ha visto morire l'infanzia, tutta la sua infanzia dentro agli occhi di Mamma. Non riesce ancora a pensare. Non riesce ancora a capire.

Sa che oggi è cambiato tutto per sempre.

E c'è qualcosa nella mente che inizia a strisciare.

Respiro articolato, è il cadavere di parole che affiora.

E come tutti i cadaveri puzza.

Speriamo che non si svegli, aveva pensato Estefan guardando Sebastiano la sera precedente, prima di addormentarsi. Questo pensiero è il secondo cadavere. Puzza più del primo.

Il cervello di Estefan salta oggi.

Bye bye Estefan.

2

Davanti alla porta d'ingresso chiusa di sua cognata, zio Tullio ha la faccia tranquilla. Martino fissa lo zerbino con scritto *welcome*; la prima *e* è leggermente più piccola delle altre. È la prima volta che lo nota e quello zerbino è lì da quando è nato. Se si concentra sulla *e* si dimentica che gli brucia il culo. Perché gli brucia come se ci fosse passato dentro un treno in corsa.

«Siamo d'accordo, allora», gli dice zio Tullio.

Martino fissa la *e*.

«Non ho sentito», insiste zio Tullio.

Martino annuisce. Sguardo sempre sulla *e*.

«Bravo *old boy*. Allora siamo d'accordo».

L'indice di zio Tullio suona il campanello. E il cuore di Martino accelera il battito. Gli si leggerà in faccia tutto quello che è successo, ne è certo. Sua madre glielo leggerà in faccia e lui vorrà morire di vergogna. Perché sente che è successo qualcosa di profondamente sbagliato. Perché ha sentito dolore. Perché aveva detto a zio Tullio voglio andare a casa, e zio Tullio invece aveva fatto quel che aveva fatto. Senza tanti complimenti.

Ma cos'è che aveva fatto mica l'aveva capito. Gli era entrato dentro, dietro, dove non sapeva che si potesse entrare. In un posto privato, che per quello che sapeva serviva soltanto a cacare. Oltretutto zio Tullio non aveva il pisello come il suo babbo. E nemmeno come il suo. Quello del babbo, tutte le volte che l'aveva visto, penzolava fra le gambe, innocuo. E pure il suo penzolava. Un paio di volte si era irrigidito misteriosamente: aveva pensato di baciare Teresa, la sua compagna di classe. Però forse questo bastava a renderlo simile a zio Tullio. Forse lui ha qualcosa di brutto proprio come zio Tullio. Qualcosa di brutto fra le gambe che quando si accende spegne il cervello. Forse lui e zio Tullio sono uguali. E mentre lo pensa sente che il culo gli brucia, e mentre il culo gli brucia sua madre apre la porta. Sorride.

Ecco, adesso vedrà tutto quello che è successo, pensa Martino. E invece dice loro: «Bentornati! Iniziavo a credere che te lo saresti portato a Bratislava!».

«In effetti ci avevamo fatto un pensiero», sorride zio Tullio, suadente e ammiccante. Un vero galantuomo.

«Allora, Martino, ti sei divertito?», gli chiede sua madre.

La domanda lo prende in contropiede. Martino alza gli occhi, tanto la *e* se l'è proprio scordata. E ora s'è pure scordato che il culo gli brucia da impazzire e che certamente sbava sangue. Pensa che forse sua madre non se ne accorge perché zio Tullio lo ha lavato per bene, lavato e disinfettato, e nell'acqua del bidet ha visto scorrere merda e sangue. Ma non si è lamentato nemmeno una volta. Suo zio gli ha lavato il culo e l'ha infilato nella doccia, senza sapone, per non lasciargli altri odori che non fossero quelli naturali della sua pelle di moccioso, perché le mamme riconoscono l'odore del loro bambino. Solo il culo aveva ricevuto un trattamento particolare. E anche la bocca. Perché zio Tullio gli ha mostrato pure un altro gioco che non brucia, ma che gli ha fatto schifo. Perché nella bocca ci si infila il cibo, ha pensato Martino, non i piselli. E allora disinfettante per il culo e dentifricio per la bocca. E intanto zio Tullio scherzava e chiacchierava del nonno e di un sacco di altre cose che Martino proprio non ricorda. Perché mentre lo zio lo rammendava e lo spolverava come un bambolotto di pezza scucito, Martino fluttuava. Assente. Lontano anni luce da tutto e da se stesso. E ora sua madre gli ha chiesto se si è divertito. E pensa che sua madre dev'essere scema perché Martino si sente l'infamia negli occhi e sa che in quel momento la sta guardando con gli occhi grandi, occhi che urlano un aiuto inconsapevole, che implorano abbracci e contenimento, vendetta e giustizia. O almeno uno straccio di spiegazione che dia un senso a quel casino. E invece si trova ad annuire. E gli viene in mente quel detto che gli ha insegnato il nonno: chi tace acconsente. La sua testa ha annuito e per sua madre è chiaro che Martino si è proprio divertito. Un vero spasso. Farsi inculare dallo zio il giorno del suo ottavo compleanno è stato veramente un bel regalo. È davvero un bambino fortunato.

«Sono contenta», dice sua madre. E Martino la guarda e non la riconosce, perché sua madre non riconosce il suo bambino. Non lo vede.

«Tullio, entra», dice aggravando la sua posizione di madre.

«No, grazie, devo proprio scappare. Ho le valigie da preparare, forse parto stasera stessa».

«Addirittura?»

«Sì, sai, il lavoro».

«Capisco... Be', allora grazie. E tu Martino cosa dici allo zio?».

Grazie. Allo zio si dice grazie. Ma Martino proprio non ce la può fare.

Ritorna alla *e* più piccola, oppressa dalle altre lettere sullo zerbino.

«Che faccia scura che hai, cos'è successo?», chiede sua madre.

«Qualche screzio coi suoi compagni di calcio», dice zio Tullio, placido.

«Hai litigato con Giulio e Matteo?».

A queste domande Martino non sa rispondere. Fissa la *e*.

«Poi si sono stancati un sacco», insiste zio Tullio.

«Magari è dispiaciuto perché parti. Vero, Martino? Ti dispiace che lo zio parte?».

Dispiaciutissimo. Per la prima volta Martino pensa che sua madre è stupida, che suo zio è cattivo e che lui è sbagliato. Tre pensieri bomba. Tre pensieri che a otto anni non sono certo uno scherzo.

«Allora, che dire? Grazie Tullio. E non lasciare passare troppo tempo, mi raccomando. Che è sempre bello vederti, vero Martino?».

Martino annuisce, anzi, si scopre ad annuire e si chiede perché. Perché ho la testa marcia, pensa Martino. Vede sua madre e zio Tullio abbracciarsi e baciarsi. Poi sente zio Tullio abbracciarlo e baciarlo e si sente un pezzo di legno secco che potrebbe spezzarsi. Ma non si spezza, purtroppo. Resta intero, Martino. Almeno agli occhi di sua madre. E quindi del mondo.

«Vado in bagno», dice Martino. E sgattaiola via.

Sua madre lo riprenderà, più tardi. Gli dirà che è stato poco espansivo con lo zio. Che non si saluta così una persona che parte.

E Martino capirà di essere solo. Molto solo. E con un grande segreto che non gli tiene affatto compagnia.

3

Il bianco è il colore più inappropriato per una bara. E quello del genitore il ruolo più inappropriato per seppellirla.

Mamma e papà non si sono parlati per tutto il viaggio in auto. Non si erano parlati nemmeno prima. Mamma e papà hanno smesso di parlare.

Per il funerale Estefan si è vestito da solo, pettinato da solo, consolato da solo.

È da quando è comparsa Mamma e morto Sebastiano che fa tutto da solo.

SIDS. Avevano detto. E all'ospedale quel giorno avevano confermato.

Sudden Infant Death Syndrome. Sindrome della morte improvvisa infantile. Morte bianca.

Sapere i nomi delle cose non le cambia.

Il dolore è fuori e dentro il nome.

È dappertutto.

Non c'è soluzione. Non c'è assoluzione.

Il dottore ha detto che non era colpa di nessuno.

Che era successo e basta. Come succedono gli tsunami e i terremoti.

Che nessuno avrebbe potuto farci niente.

Papà aveva dato a Estefan una pacca sulla spalla.

«Coraggio», gli aveva detto.

Estefan si era chiesto se quella pacca era un pugno trattenuto. O una carezza violenta.

Aveva deciso di non chiedere.

Aveva smesso di pensare.

E ora la voce del prete davanti alla bara bianca è la prova provata che niente ha più senso. Il dolore di Mamma sale da lontano, le bagna gli occhi sul viso di sale. L'espressione è contratta, dura, come morta. Anche lei. Estefan si concentra sul proprio respiro, regolare. Il respiro cancella la voce del prete. Che non soffre. Che non sa. Che parla e parla e parla e non gli si secca mai la voce. Il respiro è un riparo. Crea un embolo dentro la chiesa. Un embolo che fa saltare il senso delle cose e permette al tempo di passare. E il tempo passa.

Non si sa come ed è già a casa. Mamma e papà nella loro stanza. Lui nella sua. Si sente un ladro Estefan, perché da solo, in quella stanza, è come se si fosse appropriato dello spazio di Sebastiano. Dell'aria che gli sarebbe spettata di diritto. E per la prima volta trova orribile non poter condividere le cose.

Mamma non ha preparato la cena. È sparita in camera e papà con lei. Non ceneranno.

Sono le sei di pomeriggio. Il telefono è staccato. Il televisore spento. Le bocche cucite.

Sono le sei, Estefan vorrebbe dormire, ma ha paura di abbassare le serrande. Perché al buio le cose sfiatano fuori dalla mente. E ci sono cose che fanno paura là dentro. La luce le sorveglia.

Sono le sei e trenta, Estefan fissa la culla. È seduto sul suo letto. Pensa che la luce non basta, che il sole sta morendo e che ci vorrebbe un pianeta più grande del sole e molto più vicino, un pianeta di luce fredda.

Sono le sette. Estefan continua a fissare la culla. Niente sonno e niente sogni. Un incubo concreto. Fissa la culla e pensa. Pensa che vorrebbe qualcosa che gli riempisse la mente, qualcosa che lo distraesse, qualcosa che non sia la culla né tantomeno gli occhi di Mamma.

Non sa che sta inventando un gioco.

Un gioco che serve a consolarsi, perché Mamma non gli parla più e papà nemmeno.

Un gioco pericoloso. Se lo sapesse non giocherebbe. Ma non lo sa. Come non lo sa la volpe quando cade nella trappola. O i pesci nella rete.

Sa solo che la mente inizia a giocare per i fatti suoi.

Articolato, pensa.

Speriamo che non si svegli, pensa.

E il cuore gli scoppia, perché riavvolge il nastro dei ricordi della sera precedente, e gli sembra di rivedere il suo dito accarezzare la guancia di Sebastiano. Ma ha qualcosa di cattivo, il suo dito, di geloso, di molto brutto. Rivede il minuscolo viso di Sebastiano contrarsi. E più cerca di scovare nitidezza in quell'immagine, più la contrazione del viso di Sebastiano si fa orribile, dolorosa, insopportabile. Cerca di mettere a fuoco il ricordo, Estefan. La sua mente lo manda in *loop*, ossessivamente. Ancora e ancora. E più lo guarda e lo riguarda, nella sala di montaggio della sua testa, più il suo dito uncinato indugia sulla guancia dolente del fratello. Più vede il viso di Sebastiano contrarsi, più il suo dito indugia. Il ricordo originario è spezzato, frantumato e ricomposto, in un nuovo orripilante quadro che gli squassa il cuore.

Il gioco è appena iniziato e ha già portato i suoi benefici: Estefan impazzisce di dolore, accollandosi tutta la colpa di cui è capace, ma almeno non sente più la solitudine, non ricorda gli occhi di Mamma né i silenzi di papà. Non ricorda il prete e nemmeno la bara bianca. Non ricorda di essere stato abbandonato. E se a tratti se ne ricorda, pensa che hanno fatto bene a lasciarlo solo. Perché è cattivo. Un bambino molto, molto cattivo.

Il gioco continua.

Ricorda di essersi steso a letto, dopo avere toccato la guancia del fratello. Ricorda di avere sentito il respiro che non era rigurgito né colpo di tosse. Un respiro articolato. E il gioco è lo stesso: prende il suono e lo manda in *loop*, come se dentro a quel suono ci fosse la risposta a tutto, ci fosse una spiegazione, per quanto orribile, razionale. E irrazionalmente la cerca. E ascolta e riascolta quel suono, quel respiro articolato, e più va a fondo più il respiro muta. Diventa rantolo, diventa convulsione, diventa supplica di soccorso immediato.

Il cuore calcia lo sterno e la mente il cranio. Ma ormai, Estefan ci è dentro fino al collo. Sta giocando a quel genere di gioco da cui non è facile tornare indietro. Non a nove anni. Non da solo. Non in quella camera del cazzo.

Questo gioco che non sa di giocare potrebbe chiamarsi Il Gioco del Se.

E se mi fossi accorto che stava male?

E se e se e se. Il gioco è una slavina, mosso il primo passo il mondo ti si rovescia addosso.

E se mi fossi accorto che stava morendo?!

E se e se e se.

Ed è già oltre. Ed è già troppo. Perché non sa più chi è, né di cosa è capace. Teme i buchi neri, Estefan. I buchi neri della mente. Quelli che al telegiornale nella cronaca nera chiamano raptus, o follia. Quel genere di buchi neri teme Estefan, e gli stanno staccando la testa a morsi.

Vuole smettere, perché gli sembra di ricordare che le cose non siano affatto successe in quei termini, perché, ne è certo, se ne ricorderebbe. E non lo avrebbe mai permesso.

Eppure il Gioco del Se lo fotte per bene. Sulla bilancia la paura pesa di più. La spacca proprio, la bilancia. E non è capace, davvero non è capace di dirsi che non ha lasciato morire suo fratello. Perché la paura sbrana il senso logico, divora il cervello e la realtà delle cose, manipola le immagini e il ricordo del respiro, e li rutta fuori in un ringhio perverso. Estefan si dice: adesso basta, adesso dormo e domani ci ripenso e mi ricorderò che il mio dito accarezzava Sebastiano e il suo respiro era solo articolato. E che io gli volevo bene.

Estefan si mette sotto il lenzuolo, se lo tira fino al mento, ci si imbozzola dentro. Chiude gli occhi. Vorrebbe dormire.

Ma la sua mente non è affatto stanca, anzi, ha un disperato bisogno di giocare. Fabbrica ipotesi da sola, la paura le convalida. E di smettere non ha alcuna intenzione.

Non esistono buchi negli scivoli della memoria. I buchi si riempiono con l'immaginazione.

Speriamo che non si svegli, aveva pensato.

E Sebastiano non si era svegliato.

Morto e sepolto.

Estefan ha giocato molto. Tutta la notte. Sono le cinque di mattina e ha la febbre alta. È stato bravo. Si è consolato benissimo. È riuscito a non pensare a Mamma e nemmeno a papà. Non ha pensato di essere solo, non ha pensato che la vita è cattiva.

Ha pensato di avere sentito morire suo fratello e di averlo lasciato crepare. Intenzionalmente. Ha pensato così tanto e con così tanto terrore da essersene alla fine convinto. Certo, resta il dubbio. È in questo che consiste il Gioco del Se, nel dubbio. È grazie al dubbio che potrà chiedersi tutto il giorno fino all'infinito se quello che pensa di avere fatto sia vero o falso. È grazie al dubbio che potrà trascinarsi nelle giornate da solo. Il dubbio riempie la mente. Certo, è come passeggiare con un'alabarda arrugginita dentro al cuore. Fa male. Fa così male che non può condividere il suo terrore con nessuno. Oltre al dolore prova anche vergogna, Estefan. E senso di colpa.

Ma ha salvato tutti. Mamma, papà, dottori, speranza.

Assolti.

Ha falciato se stesso.

Ne valeva la pena, in fondo.

Bel gioco davvero.

5
CUCÙ!
(Primavera 1999)

1

Estefan è nella sua stanza, ancora. Il ricordo di Sebastiano lo ha estirpato dal sonno alle cinque di mattina. Ha avuto due ore per pensare prima del suono della sveglia, e ha realizzato due cose importanti; la prima è che il dolore che lo scava non è nuovo. La seconda è che fa male da morire. Si è violentato per due ore col Gioco del Se e si è sfiancato il cervello, l'anima gli si è infeltrita e gli occhi sono rossi, gonfi, da bambino matto. Perché, quando gioca al Gioco del Se, le paure lo calciano indietro, dentro all'infanzia falciata. Non ha più diciannove anni, non ha strumenti, non ha difese.

Ha un compito in classe di tecnologia, oggi. E pensa che non gli dispiacerebbe camminare sui binari del treno e aspettare di prendere il treno giusto, quello della vita, in piena faccia. Un *fade out* definitivo. Una soluzione perfetta. Pensa che non può tollerare un momento in più di solitudine. Pensa che proverà a stordirsi.

Uscirà. Andrà a scuola. Farà il compito. Riderà. Vuole ridere da morire.

Pensa che basterebbe venirne a capo. Capire cos'è

successo la notte in cui suo fratello è crepato nella culla. Pensa che, se lo ricordasse, saprebbe cosa fare. E allora e se e se e se: il Gioco del Se non muore mai.

Deve fare presto. Vestirsi. Uscire. Tenere tutto dentro. Non parlarne a nessuno. Non lasciare che il disagio trapeli. Prima deve risolverlo, da solo. Non sa come, ma deve capire, ragionare, ricordare. E sperare che il disastro cessi, così com'è iniziato. Questo pensa.

Non si ricorda che più gioca, più l'orrore diventa reale. Più gioca più i piani si confondono. Più gioca più si flagella. Non si ricorda.

Non si fida della sua mente.

Lotta contro il nemico sbagliato.

E mentre entra in bagno non fa in tempo a chiudersi a chiave che è già in ginocchio, davanti alla tazza del cesso. L'abbraccia. Ci vomita dentro.

2

Nessuno chiama professor Muccioli il professor Muccioli. I suoi alunni lo chiamano Igor, anzi, Aigor. Professor Aigor. Aigor come Igor di *Frankenstein Junior*, per intendersi. Non per via di un'esplicita somiglianza somatica, ma per gli occhi che si mandano vicendevolmente affanculo. Durante gli scritti, i suoi alunni faticano a copiare perché non hanno ancora capito dove guarda, durante gli orali star seri è una lotta.

Cosa si intende con il termine "distanza focale"?

Domanda semplice, lineare. Sul compito in classe di tecnologia ne seguono altre otto che Estefan neppure si prende la briga di leggere. Perché le cose vanno affrontate una per volta. Quindi, a tale domanda, fa seguire la sua semplice e lineare risposta: con distanza focale si intende una nota unità di misura molto in voga al Polo che consiste nel posizionare una foca di fianco all'altra.

Ha avuto cura di scriverla in stampatello, onde evitare fraintendimenti.

Abitudine vuole che Martino di fotografia ne sappia meno di Estefan; per questo, occupando il banco dietro all'amico, tenta uno scopiazzamento lampo cercando di assicurarsi almeno un dignitosissimo cinque.

Quando si copia si sa, non si riflette. È solo dopo che si legge quello che si è copiato, almeno nei casi più evoluti di studente. Martino si è evoluto per forza; vita vissuta. L'ignominia dovuta al primo scopiazzamento risale alla prima elementare, era maggio, aveva appena imparato a scrivere. Il compito consisteva in una serie di domande basilari, della serie come ti chiami come si chiama il tuo gatto cane pesce rosso nonna nonno zio cugino fratello. Poi si entrava più nello specifico chiedendo di scrivere cosa si era imparato quell'anno. Non che Martino non lo sapesse, ma era stato assalito da una precocissima ansia da prestazione. Quindi aveva compulsivamente copiato da Laura, la bambina che, come Estefan oggi, occupava il banco di fronte al suo. Terminato il compito è prassi scrivere sul foglio il proprio nome e cognome. Bene. Martino, preso da raptus da scopiazzamento, aveva proseguito nel suo crimine scrivendo sul retro del foglio, a tremolanti lettere maiuscole, Laura Bisulli. Fine della storia. I compagni lo presero per il culo fino alla quinta. Va da sé che questa volta, a diciott'anni suonati, Martino rilegge. Ed è a questo punto che gli monta una risata che per poco non lo strozza. Si girano tutti. Non ce la fa a trattenersi, è inutile. La sua è una risata virale, da crampi allo stomaco, di quelle che allungano la vita e pure la permanenza scolastica: infetta anche Estefan.

Il professor Aigor si alza senza battere ciglio e ritira entrambi i compiti; reinsediatosi in cattedra, i suoi occhi storpi prendono a seguire coordinate note solo alla famiglia degli Anuri (vedi alla voce rane, rospi, raganelle), è tuttavia evidente che sono intenti a leggere le nozioni di fotografia apprese dall'alunno Estefan Volterra, e se non fosse evidente, allora ce lo dicono le dita troppo lisce e troppo bianche che reggono il foglio protocollo dell'alunno in questione.

Estefan spia l'espressione rigida e calcificata del professor Aigor. Ne è certo, è solo una questione di attesa. E infatti. È come vedere una sbarra di ferro spezzarsi, o un ammasso compatto di terra franare per una scossa tellurica. È un guizzo. Un sussulto. Il professor Aigor ha letto il foglio protocollo e l'angolo destro delle labbra sottili è salito, fratturando la stasi di un'espressione insulsa. Questione di un attimo. Poi la faccia si riprende l'angolo destro delle labbra per sacrificarlo in quella che ormai è diventata la sua posizione abituale. Ma per un attimo, un secondo appena, gli occhi del professor Aigor hanno cercato e incontrato quelli di Estefan.

Estefan ne è certo: quello del professore era lo sguardo di un ragazzino scoperto con una rivista porno rubata.

Ha fatto sorridere il professor Aigor. Questo non gli condonerà un due nel compito. Anzi. Ma lo fa sentire un gran figo, questo sì.

* * *

Durante il cambio dell'ora i corridoi dell'Istituto d'Arte sembrano il sottopassaggio della stazione di Bologna. Gente ovunque, coloratissima e scazzatissima. Nel corridoio al secondo piano c'è una cattedra con quattro sedie: la sede centrale dei bidelli. Mortimer è in assoluto il più strambo. Nessuno sa come si chiami, nessuno gliel'ha mai chiesto e a nessuno importa un cazzo. Ma è pallido come un corpo in una bara al Polo Nord e cammina con la velocità di una lumaca paralitica. Spinge sempre lo straccio. Non passa lo straccio, lo spinge proprio, in un'unica direzione: quella in cui cammina. E mentre gli altri bidelli urlano di fare silenzio nelle varie aule prive ancora di professori, Mortimer spinge lo straccio verso i cessi. La sede centrale è quindi libera. Sulla cattedra campeggia una Pepsi incustodita ancora fresca e un mazzo di carte romagnole; sulle sedie stanno i culi di Martino, Sergio, Fabio ed Estefan.

Martino afferra la Pepsi con la mano sinistra, il viso si contrae in una smorfia di dolore. La rimette giù e la prende con la destra.

«Be'? Ti sei fatto troppe seghe?», gli fa Estefan.

«No, per quelle sono ambidestro, quando mi stanco cambio».

«Gli hai quasi rotto la portiera, fossi in te farei una lastra», dice Sergio.

«Portiera?», chiede Estefan.

Lo sguardo di Martino è un fulmine, incenerisce gli occhi di Sergio, che li abbassa e tace.

«Be'? Quale portiera? Dai cazzotti alle portiere, adesso?».

Sergio e Fabio perpetuano un silenzio ostinato.

«Allora? È un segreto di Stato?», chiede Estefan.

«Non è successo niente, ok? Io vado a pisciare», ringhia Martino. Si alza, a passo deciso passa fra i loro corpi, elettrico. Sparisce dentro i cessi, in fondo al corridoio.

Sergio e Fabio guardano Estefan, fanno spallucce.

«Be'?», insiste Estefan.

«Ha dato un pugno contro la portiera di Gianni», risponde Sergio.

«Ok. Cosa buona e giusta, ma perché?»

«Dài, è già successo...», dice Fabio, «ti ricordi l'anno scorso in gita? Quel tipo al bar...».

«*Guns on the Roof*, dei Clash?»

«Sì, dài, quello che ha messo su la canzone».

«Per forza che me lo ricordo, se non li separavamo ci portavano via con le volanti», sorride Estefan.

«Martino ha dato di matto solo perché il tipo si rifiutava di cambiare canzone, è arrivato a spaccargli il naso, cazzo! Se quello non l'ha denunciato è stato solo per non perderci il resto della faccia», puntualizza Sergio.

«Poi c'è stata quella volta a Cattolica...», ricorda Fabio.

«*Tommy Gun*», conferma Estefan. «L'abbiamo dovuto trascinare fuori, lasciando tre vodka lemon al banco...».

«E li avevamo pure pagati», sottolinea Sergio.

«C'era *Tommy Gun* pure in macchina di Gianni», dice Fabio.

«Secondo voi che cazzo gli prende?», chiede Sergio.

«Non gliel'avete chiesto?», domanda Estefan.

«Secondo te? Dopo il naso del tipo nessuno gli chiede niente».

«Non gli piacciono i Clash», taglia corto Estefan.

«Già», fa Sergio.

«Torna», sussurra Fabio.

Martino non li guarda negli occhi, si siede di peso sulla sedia, afferra con la mano destra la Pepsi e beve a canna. Rutta.

«Allora?», chiede.

«Allora torno in classe», fa Sergio.

«Io pure», fa Fabio, «ci si vede all'uscita».

«Amen», conclude Estefan.

Restano soli, Estefan e Martino. Silenzio. Sguardi. Estefan apre la bocca, c'è odore di domande e una vaga puzza di conflitto imminente.

«Hei! Martino!». È Gianni che sbuca timido dalla quarta D. Timidezza decisamente mal celata in una posa da bullo di serie B.

Estefan ingoia quanto aveva da dire. Guarda Gianni avanzare vestito finto alternativo, un vero fighetto tossico.

E non resiste. Canta.

«Sabato in barca a vela e il lunedì al Leoncavalloooo! Ridai i soldi al tuo papà! Ridai i soldi al tuo papà!».

Martino dà una gomitata nel costato di Estefan sospendendo le sue indiscutibili doti canore.

«Ehi, che c'è? Siamo in un Paese libero, no? Stavo cantando *Sui giovani d'oggi ci scatarro su*, degli Afterhours!», precisa Estefan, impertinente.

Gianni decide di ignorare.

«Martino... scusate... vi disturbo?»

«No», gli dice Martino.

Gianni si avvicina.

Martino si fruga nelle tasche, estrae un sacchetto di erba purissima. Profuma anche chiusa.

«Te la dovevo da ieri».

«Grazie», dice Gianni sollevato. E fa per andarsene.

«Gianni», lo ferma Martino.

«Sì?»

«Scusa per la portiera»

Gianni resta interdetto. Accenna un sorriso e se ne va. Poi si ferma.

«Sentite, me lo stavo dimenticando... stasera c'è una festa al Velvet, ci sarà tanta gente e... le ragazze mi hanno detto di dirvelo...».

«Quali ragazze?», chiede Estefan.

«Le ragazze della mia classe, dài... Alice, Veronica e Francesca...».

Estefan e Martino si scambiano uno sguardo d'intesa.

«Ci saremo», dice Martino.

Gianni sorride e se ne va via, trottando felice come un cavallino a dondolo.

3

Estefan corre e sono le sette di sera, il sole di giugno è orizzontale com'è giusto che sia. Di cenare coi suoi non se ne parla, di attendere nella sua stanza che il tempo scorra nemmeno. La festa è fissata per le dieci.

Estefan corre e quando è stanco cammina, se gli gira di fermarsi si ferma e, quando gli scappa da pisciare, piscia romanticamente sul ciglio dei fossi. La direzione è sempre la stessa: *wild* selvatico. Se vuole tenere a bada la mente, l'ha capito da un pezzo, deve darle in pasto cose nuove. E le cose nuove si sa, vanno cercate.

Estefan corre. I colori dell'erba e dei campi centrifugano nella retina stracci giallo verde. Non ci sono foche. Non ci sono amici. C'è solo il Gioco del Se, in *loop* nella testa.

E se e se e se. Non si ferma mai. Estefan corre. Non lo semina.

E se e se e se. Non gli sta dietro neanche il cuore, eppure scalcia.

E se e se e se. E si ritrova davanti a una gabbia. Una gabbia con dentro cinque polli panciuti.

Estefan è in una proprietà privata. Per la seconda volta dall'inizio di questa storia.

Il Gioco del Se se ne torna in cantina.

* * *

In cucina, dietro la scatola dei biscotti, c'è un'altra scatola. Ce l'ha messa nonno.

È verde bottiglia, di metallo. Ci sono due date graffiate sopra: 1968-1993. L'anno in cui è nata Roberta. E l'anno in cui è morta nonna.

Nonno non ha piacere che si apra quella scatola, non vuole che ci si frughi dentro. È la scatola del Caos, dice. Le foto sono ammassate assieme agli anni e alle facce.

Nonno è fuori, dà da mangiare ai conigli.

Greta, in piedi sulla seggiola di vimini, afferra la scatola.

* * *

I polli sbatacchiano contro la gabbia e aggiungono sterco e piume alla ruggine. Gli odori, tanti e tutti assieme. I suoni. La Marecchiese è solo una base musicale mediocre su cui la natura rivendica un marchio d'artista. C'è vibrare di reti al vento, c'è picchiare duro di ali contro grate, c'è frinire di cicale, chiocciare di polli e l'aria, che prosegue nelle sue corse folli, fa fischiare i buchi e urlare le scheggiature fra le assi. C'è pestare di zampe su terra e c'è bellezza, di cose che rovinano piano, colme di vita prepotente fino al tracollo finale.

Estefan cammina, il silenziatore ai passi e ai pensieri.

Cammina e ha registrato tre gabbie. Nella seconda ci sono parecchi pulcini e può giurare che non sono gialli e che se il loro è un giallo dev'essere molto stinto e molto incrostato. Se il loro è un giallo, è un giallo che gli piace. Si muovono a caso, come Packman isterici, e pigolano da trapanare il cervello.

Nella terza gabbia, otto fagiani grassi grassi accendono la libera associazione di Estefan, che nella mente li schiaffa di fianco al pomodoro, il pomodoro alle patate, le patate al rosmarino. E l'effetto Pavlov incalza. Estefan pensa: non è carino. Deglutisce e procede nell'esplorazione, anche perché a star fermi c'è da morire: punge l'erba incolta, pungono i pappatacci, pungono le zanzare. E succhiano il succhiabile da ogni dove. Gambe effetto Cernobyl, ecco cosa. Quindi cammina, se le zanzare hanno fame, che almeno se lo sudino, il sangue.

Oltre le gabbie, il campo si stringe in un budello di terra e sterco. Ai lati due modeste stamberghe di cemento scrostato, coperto da teli rettangolari a strisce gialle e arancioni sbiadite, sopra ognuna c'è scritto *Bagno Riviera*. Un tempo rivestivano lettini da spiaggia. Estefan osserva i teli comporre una carta da parati sbilenca e stinta. Pensa al tempo. Pensa che il tempo scalza via il senso dalle cose; mentre osserva i teli rivestire due strutture meticce, un incrocio bastardo fra stalle e garage agricoli, pensa che il tempo se lo mangia proprio il senso. E quello che rutta fuori è una pennellata di follia che si stinge sotto il sole.

La prima struttura è priva di porta, solo un bucο rettangolare da cui pendono tende tessute a zampe dai ragni. Si vedono cataste di paglierìccio, piume, una vecchia mietitrebbia che a rimetterla in moto non basta la fantasia.

La seconda struttura è sbarrata da qualcosa che assomiglia a una porta: un perimetro di legno che si chiude attorno a una rete di ferro con buchi rattoppati a spago e fili di cotone colorato. Linee che spezzano linee, forme geometriche sconosciute, perfette nel loro delirio possibile, nella loro astrusità dannatamente concreta. L'arte povera, qui, è quasi un insulto. L'arte povera qui crepa d'invidia. Dietro la quasi porta un harem di galline impazza, la presenza di Estefan non è gradita. L'aria è uno svolazzare di piume e schizzi di merda a dipingere la rete rattoppata. Pollock, pensa Estefan. E ride. E si ritrova a ridere da solo per una battuta veramente del cazzo. Ma quel che conta è che Estefan vede una gabbia dietro alla quasi porta, una gabbia chiusa. La quasi porta è sbarrata da un lucchetto: gli sembra naturale scegliere la seconda struttura.

Prende il lucchetto fra le mani. È aperto. Il tempo dei ladri di galline è morto da un pezzo.

Estefan spinge la quasi porta. E le galline, a un passo dal cardiopalmo, cacano prematuramente le uova del mattino.

* * *

Mamma è una bambina, i suoi occhi, fondi di bottiglia. Nonno e nonna non ci sono. C'è solo mamma bambina che fissa una finestra e non si sa cosa vede. I capelli sono un'autostrada nera. Quelle dannate foto si assomigliano tutte. Non un indizio su come ha perduto il sorriso per strada. Sembra nata con una linea retta cucita sulle labbra.

Nonno sembra analfabeta, quando parla di mamma sputa periodi stitici, monosillabi, e guarda sempre altrove. Ci vorrebbe un forcipe per i pensieri, pensa Greta. E lei lo sa cos'è un forcipe, perché una volta nonno le spiegò che la sua mamma era uscita così da nonna. Glielo disse perché Greta gli aveva chiesto com'era morta mamma e a nonno toccò risponderle: era morta partorendola, ma precisò subito che non era colpa sua. Greta prese comunque a piangere, perché le paure se ne fregano delle spiegazioni. Allora nonno le raccontò com'era nata mamma, le disse che fu una fortuna se lei e la nonna non morirono, e che oggi il forcipe non si usa più. Greta gli aveva chiesto se anche lei era nata col forcipe e nonno le disse di no, allora Greta ribatté stizzita che la storia del forcipe non c'entrava un fico secco e riprese a piangere. Nonno si sentì un completo idiota, gli morì la lingua in bocca e decise che per i polli era giunto il momento di mangiare; le accarezzò con mano artrosica la testa e si accorse subito che quella era una carezza venuta male, con dita che non scaldano, che vorrebbero staccarsi dalle mani e nascondersi tremanti in tasca.

Uscì in fretta.

Quello di mamma era un tabù fatto e finito. Così Greta scansa e smista le foto con le mani, non c'è un criterio razionale con cui smistarle, le sembra di girare un cucchiaio in un bicchiere pieno d'acqua e sabbia. Più gira, più cerca di scoprire cosa si nasconde sotto, più tutto le si ribella contro. Ci sono facce nella scatola verde, ci sono anni e persone che non le dicono nulla, che non ricorda, che non sa nemmeno se sono vive o morte. Le interessa solo di mamma di nonno e di nonna. Ma i fili sono spezzati, gli anni sconnessi, e le espressioni di una costanza che mette tristezza.

* * *

Dietro la prima struttura c'è un gazebo di legno e di latta, un prolungamento, una protesi che getta un tetto fino alla stalla di Perla. Sotto ci sono due gabbie. Dentro, uno zigare assordante.

Le mani di nonno alzano l'asse di legno scuro; otto coniglietti pezzati zompano impazziti per la gabbia. Nonno ne afferra uno per le orecchie, il più grasso. Lo soppesa e lo rimette giù. Versa il cibo ai conigli e li ricopre lentamente con l'asse, un'asse simile a un'eclissi di legno che li sprofonda nel buio.

Un tonfo sordo. Proviene dal pollaio. Il collo di nonno scatta verso l'uscita del gazebo; l'ultima volta aveva sparato a una faina. Esce dal gazebo, entra nella stalla di Perla, non la saluta e non l'accarezza. Le mani aprono l'armadio a muro, sopra la chioccia che ancora cova. Prendono quello che c'è da prendere: il vecchio fucile a canne mozze. Ci sparava ai fagiani una volta. E prima ancora ai tedeschi.

Nonno imbraccia il fucile.
Ed esce.

* * *

«Fottuti Pollock del cazzo».

Questo sibila Estefan mentre nuota fra merda, piume e polli. È inciampato su una gallina obesa ed è cascato come una pera marcia sullo schifo, e ora si ritrova pure addosso due galline e un gallo rintronato con la cresta floscia in età geriatrica avanzata. Le braccia hanno il loro bel da fare a proteggere gli occhi, così, mentre striscia all'indietro col culo finendo bellamente con la schiena contro la gabbia, un becco gli si pianta dritto dritto nella nuca.

«Fanculo, fanculo di brutto!».

Estefan riconquista una postura eretta, e si sente come Alice nel paese delle meraviglie, quando mangia il fungo che la fa gigante e tutti smettono di romperle l'anima. Guarda il proprietario di quel becco infame nelle palle degli occhi: una gallina strega. Grassa più della gallina obesa su cui era inciampato; pure le sue sorelle nella gabbia non scherzano, sembrano gonfiate col compressore.

«Lo sapete perché siete così grasse?».

Estefan avvicina il viso alla gabbia quel tanto che basta per aizzare le galline senza farsi piantare il loro becco sul naso. Coi piedi scansa le altre. La voce è un sussurro cavernoso.

«Siete così grasse perché ormai siete da brodino, care

mie. Siete vecchie e grasse, non fate più uova, siete galline in menopausa obese e i galli non ve lo piantano più, allora sapete che vi succede?».

Estefan alza le mani, rigide come fossero artigli, digrigna i denti e sorride, si vede che sorride dietro quell'espressione mefistofelica da bambino depravato che gli dona tanto. Sorride, ringhia e saltella e le galline non crepano d'infarto, ma ci vanno tanto tanto vicino. È il carnevale delle piume, coriandoli di merda e stelle filanti di penne rosso brune.

«Succede che domani il contadino vi tira quel vostro collo grasso e vi strappa le penne comprese quelle pubiche e vi so-do-miz-za. Poi mette su l'acqua, accende il fuoco, affetta carote sedano e cipolla e...».

«Chi c'è? Chi va là?».

Proprietà privata. Estefan si ricorda che è in una proprietà privata e sta giocando a infartuare galline non sue, solo per vendicarsi di essere inciampato su una di loro dentro un capanno che doveva sbarrare l'accesso agli estranei. Il ringhio gli crepa in bocca e sente che è tempo di levare le tende. In fretta.

Estefan si catapulta fuori. Uno sparo.

Il cuore perde il passo. Non sa da che parte fuggire. Dalla prima struttura non compare nessuno. Non ancora. Forse non comparirà nessuno, forse chi ha sparato è già fuori. Estefan sembra un gattino in fuga col pelo ritto. Scarta a sinistra, dove non c'è sentiero, solo uno straccio di campagna che sembra messo in provetta. Uno sputo di DNA di campagna che finisce di schianto contro una rete. Oltre quella, legno. Tanto di quel legno da fare invidia a mastro Geppetto.

Ai piedi della recinzione un cumulo di bidoni di latta ammassati assieme a lamiere e a pezzi di rete in ferro.

Si può fare, pensa Estefan. E lo fa. Scatta. Uno scatto degno di un centometrista. Poi salta. Un piede sopra il bidone più alto e le mani alla rete. Un bel volo. Ed è già dall'altra parte con tutte le ossa al loro posto.

Dal retro della SPAR, con un tempismo che solo gli shock conoscono, compare un cane bastardo privo di qualsiasi atteggiamento cordiale. Gli va incontro senza abbaiare, spedito. Non scodinzola. Questo morde, pensa Estefan a culo stretto. Poi il cane si arresta e rincula, effetto *bungee jumping*, quasi si strozza. È un vecchio cane rincoglionito alla catena. Estefan si acquatta, nascosto dai bidoni. Aspetta. E si rende conto solo adesso che le galline starnazzano fuori in libera uscita. Soprattutto si rende conto di essersi acquattato fra le ortiche. Fra lui e loro solo pochi millimetri: Estefan si fa immobile, come impagliato.

Oltre la rete, quello che vede arrivare è un vecchio magro, dal portamento fiero e stanco. E quello che tiene nelle mani ha tutta l'aria di essere un fucile a canne mozze. Certamente lo è. Il vecchio non è sbucato dalla prima struttura, è venuto su dal sentiero di terra e sterco, e l'ora d'aria che le galline si stanno godendo non gli piace per niente.

«Dio santo! Cosa ci fate fuori? Dentro! Chi è stato, eh? Chi c'è?».

Il vecchio entra di prepotenza nella seconda struttura, fucile spianato. Estefan lo vede uscire e agguantare una per una le figliole prodighe.

«Ma dimmi te se si può, una, due, tre...».

Il vecchio le conta, ci sono tutte, solo un po' più spettinate. Esce, chiude il pollaio. Questa volta per bene. Poi alza il fucile in aria. E spara.

Estefan sobbalza, una fogliolina di ortica gli struscia il gomito, la maledice sussurrando. E il vecchio cane rincoglionito alla catena ha il pessimo gusto di abbaiare ancora. Sembra più una marmitta in punto di morte, ma basta a far girare il vecchio.

«Chi c'è?».

Estefan si gira verso la marmitta a quattro zampe motrici e tenta un disperato esperimento di telepatia ragazzo-cane. Taci, ti prego, non sei vecchio e nemmeno rincoglionito. È questa l'informazione che il cervello di Estefan tenta di inviare al cervello canino.

«Chi c'è eh?», tuona il contadino.

Il vecchio cane rincoglionito abbaia.

Il contadino si avvicina ai bidoni. Spara in aria, ancora. Estefan si aggrappa d'istinto con le mani alla rete, ci si rannicchia contro e urta il bidone più alto. Lo sposta proprio. Quel tanto che basta per farsi notare.

«Esci di lì. Chi sei?».

Cazzo, pensa Estefan. Poi respira. E conta: uno, due... e tre. Si alza, mani al cielo, belle in alto come nei film al cinema.

«Salve!». Saluta il fucile a canne mozze amichevolmente puntato in faccia. Il cane, c'era da aspettarselo, non abbaia più. Scodinzola seduto.

«Chi sei? Che diavolo ci fai qui? Sei stato tu a entrare in casa mia?»

«In casa? No signore, io ero qui e...», Estefan guarda a terra, guarda le foglioline malefiche strisciare impotenti contro i suoi jeans, «stavo raccogliendo ortiche».

«Mi prendi in giro?».

Estefan guarda il fucile. «No signore, sarebbe immaturo...».

«Che diavolo ci fai alla SPAR? È chiusa».

«Mi ha mandato mia madre perché... ha trovato una ricetta per fare... il risotto all'ortica. E comunque sono il nipote di... Gianni... il... il fratello del proprietario della SPAR».

«Il proprietario della SPAR si chiama Cesare e non ha fratelli».

Cazzo, pensa Estefan.

«Oh. Be', sono come fratelli. Domani glielo può chiedere».

«Che diavolo ci fai alla SPAR?»

«Gliel'ho appena detto. Sono il nip...».

«Mi sei entrato in casa?»

«No signore».

«Sei stato tu ad aprire la gabbia delle galline?»

«No signore, alla mia età preferisco le ragazze».

«Ascoltami bene, ragazzino. Se ti vedo in casa mia io ti sparo e poi ti domando che diavolo c'eri venuto a fare. Chiaro?»

«Limpido, signore. Le auguro una buona serata, signore».

«Al diavolo».

Il vecchio si gira e se ne va, col fucile a tracolla. Estefan lo vede sparire dietro la prima struttura. E, da ragazzo sensato quale è, riscavalca la rete. Ripercorre il budello di terra e sterco fino a ritrovare la schiena sbilenca del vecchio, che procede verso una piccola casa scrostata. La casa del Mulino Bianco dei poveri. Il vecchio entra e chiude la porta. Estefan si sente incosciente. Si sente sempre bene quando si sente incosciente, perché non si sente. Può continuare ad aerare il cervello, a mangiare meraviglia con gli occhi e le mani. Quando rischia, quando si lancia nel vuoto, frattura il Gioco del Se.

La seconda struttura lo aspetta.

* * *

Greta sente la porta del retro sbattere, e la cosa l'ha colta decisamente impreparata. Quando apre la scatola del Caos le facce divorano i minuti, le guarda, e non capisce più da quanto tempo è lì e chi sta guardando chi. Perché le foto, pensa Greta, hanno occhi che scrutano. E non hanno labbra per parlare.

«Che ci fai lì? Lo sai che non ho piacere».

Greta chiude la scatola, sente un nodo di feltro gonfiarsi nella pancia.

«Scusa».

Il telefono squilla.

«Mettile a posto».

Nonno solleva la cornetta.

«Pronto».

Greta chiude sua madre nella scatola verde e la nasconde dietro ai biscotti. Chiude la dispensa e scende dalla sedia.

«Vincenzo, ciao», dice nonno.

«Vado da Perla», dice Greta.

«No. Le hai già dato da mangiare», risponde nonno.

«Scusa, Vincenzo, dicevo a mia nipote».

«Ho voglia di stare un po' con lei», insiste Greta.

«Lo vedi che sono al telefono?! Aspetta e zitta».

Greta aspetta. Zitta. Nonno al telefono: «Quante te ne servono?».

Greta sbuffa, si siede.

«Facciamo una cosa, vieni da me domani o dopodomani, andiamo nel pollaio assieme e tu porti le gabbie e le scegli, siamo d'accordo?».

Greta ciondola nervosa le gambe.

«Allora aspetto la tua telefonata. Buonanotte Vincenzo, e salutami la tua signora».

Nonno chiude. Guarda Greta. Serio.

«Non mi piace che mi parli quando sono al telefono. È maleducato».

«Voglio andare da Perla».

«Ti ho detto di no. Adesso ti lavi le mani e prepariamo la cena, non voglio discutere».

«Perché no? Ci metto un minuto!».

Perché c'è un ragazzo oltre la rete di cui non mi fido per niente, pensa nonno.

«Perché forse c'è una faina», dice, «e poi ti ho detto che non voglio discutere, avanti».

Greta va al lavandino, lo apre e ci mette sotto le mani. La tovaglia è un sudario, lo stende sulla tavola. Nonno prende la pentola dal frigo, gli avanzi dello spezzatino. Accende il fornello e la scalda.

La cena è servita.

* * *

È come in discoteca, pensa Estefan; il naso al soffitto lercio segue le piste danzanti di luce che pugnalano le assi, i pulviscoli ci ballano lo swing; le ragnatele, lanuginose e fittissime, sono stroboscopi di zucchero filato.

La campagna è promiscua. La promiscuità è fantasia. E la fantasia è divina. Questo pensa. E si lancia sopra il fieno, un pollo salta in aria, chissà dov'era. La seconda struttura è un non luogo. Un luogo del pensiero in cui il tempo si sfracella. C'è la mietitrebbia fossile, il fieno e i ragni, un pollo e chissà cos'altro. Microbi e batteri come se piovesse, ragnatele di una perfezione imbarazzante e un delirio di giochi di luce da gustarsi in silenzio. Qui il tempo passato e quello presente si compenetrano. Non è come in città, lì puoi trovare i monumenti antichi, ma è diverso. Sono puliti e lucidati, messi a nuovo come se nulla fosse accaduto in secoli di scacazzate piccionesche, bombe, saccheggi e bombolette spray. Il presente, in città, è una costante tensione al futuro, un sempre avanti continuo. Qui no. Qui una mietitrebbia non è più una mietitrebbia e nessuno la ristruttura, non ci si affanna per farla tornare quel che era. La mietitrebbia muore e si trasfigura. Diviene altro. Muta nel senso e nelle forme. La natura ci si arrampica sopra coi suoi artigli d'erba e i suoi nidi animali. Diventa nido, la mietitrebbia, rifugio e contenimento. Diventa un'opera di straziante bellezza. E anche le assi si trasfigurano, diventano geometrie d'artista e nessuno le rattoppa. Trasfigura il pavimento e nessuno lo pulisce: testimonianza di passi e zampe, di vita brulicante e infetta, come tutte le vite. Tutto si mischia, passato e presente. E il futuro è fottuto. Perché non c'è fretta, non c'è esibizione, non c'è lotta umana per tenere assieme i pezzi. Non c'è ridicola rincorsa alla coerenza. Non c'è tempo speso. Non c'è tempo. E in questo dilatarsi cosmico, in questo rilassarsi della mente, Estefan è assalito dal terrore. Perché nel silenzio salgono i nomi e le facce, perché è tempo di andare. Anche se ovunque andrà, lo sa, continuerà a portarsi appresso quel suo cervello tutto matto.

Estefan pensa che il tanto decantato "piano di realtà" risulta sempre inclinato. Che la vita è una barzelletta e gli esseri umani sono provvisti di un senso dell'umorismo inadeguato.

Esce dalla seconda struttura che ha battezzato "Disco Lounge" e prosegue nella sua esplorazione che ha battezzato "Fuga d'artista"; scopre così il gazebo di legno e di latta, la protesi che getta un tetto fino alla stalla.

Una stalla e un gazebo sono proprio quello che gli serve per un'egregia e ben riuscita "Fuga d'artista".

* * *

Gli avanzi sono stati mangiati. Nonno lava i piatti e Greta raccoglie le briciole dal tavolo.

«Hai fatto i compiti per domani?»

«Domani è domenica, nonno».

«Già. È vero. Vuoi andare a messa?»

«No».

«Neanch'io».

Nonno si volta, Greta solleva lo sguardo dal tavolo, e c'è intesa e un sorriso reciproco che allentano il nodo di feltro in fondo alla pancia.

Dura un attimo.

«Vai in camera tua, dài. Finisco io».

«Un salutino a Perla...».

«Stasera no. Domani. Adesso vai a dormire. E chiudi la porta».

Greta biascica un sì al retrogusto di risentimento, ma non discute. C'ha provato e le è andata male. Si avvicina alla porta sul retro e le sue dita fanno quello che nonno ha chiesto: girano la chiave.

«Aspetta!».

«Che c'è?», chiede Greta.

«Ho lasciato le luci esterne accese».

Greta apre a nonno che esce e spegne le luci. Nonno entra. Greta gira la chiave. Come sempre. Come tutte le sere. Poi pensa a Perla. E le dita fanno quello che la sua volontà pretende o supplica, come si preferisce: girano la chiave nella direzione opposta. In silenzio.

Greta non guarda più nonno nemmeno per sbaglio. Si toglie le scarpe e le lascia ai piedi delle scale. Nonno le ha insegnato così, per non portare fango nella stanza.

Sale i gradini, scricchiolano. Come sempre.
Greta si chiude nella sua camera.
E aspetta.

* * *

C'è qualcosa che si agita dentro alla gabbia e ci sbatte contro, sotto il gazebo. Estefan si avvicina e si chiede se quel qualcosa che si agita e sbatte gli staccherà la testa a morsi quando alzerà l'asse di legno scuro che la ricopre. Poi pensa che lo scoprirà solo alzandola.

La alza. E si ritrova ad afferrare al volo un coniglietto pezzato.

«Wooooooooooooow!».

È morbido effetto Coccolino in lavatrice. Sente il micro cuore mitragliare contro il palmo della mano. Nella gabbia zampettano altri sette fratellini. Estefan li ricopre con l'asse, l'idea che i coniglietti pezzati si sfracellino zompando in aria e avvitandosi in carpiati improbabili lo disturba. Ma il suo coniglietto kamikaze se lo tiene stretto ancora un po'. È caldo e puzza che è un piacere. A pensarci bene è molto caldo, troppo caldo. Gli ha appena cacato in mano. Un amore.

«Ti chiamo Space Oddity. Che ne dici, ti va? È un nome spaziale da coniglietto spaziale. Sei il più strafigo nella storia dei coniglietti astronauti. E da questo momento io e te siamo fratelli di merda, ti va?».

Estefan gratta con le dita dietro alle orecchie di Space Oddity: sembra gradire. Poi se lo porta vicino, muso contro naso; lo fissa negli occhi.

«Adesso io ti rimetto dentro assieme ai tuoi fratelli ma tu ricordati due cose: la prima è che i coniglietti non volano e la seconda è che siete molto buoni al tegame, quindi quando il contadino sta per prenderti tu che fai? Lo mordi. Chiaro? Bravo. Sei uno sveglio. Ci si vede Space Oddity».

Lo rimette dentro. E continua nel suo trip a zonzo per la fattoria più decadente del secolo.

* * *

Greta ha il naso appiccicato alla finestra della sua stanza. Osserva il cielo, un coagulo rosso che tende al nero. Il sole è precipitato da un pezzo. Guarda la quercia, sulla sinistra, quella quercia che è una meraviglia assoluta e che pur standosene radicata lì da secoli ha conosciuto la sua famiglia meglio di lei. La vede farsi cupa, fa quasi paura perché il vento le muove i rami e le foglie, e sembrano mani e facce che assaltano il tetto. Vede la stalla, buia. Greta pensa che persino Perla è buia, ora, nel buio della stalla. E ha voglia di diventare buia anche lei, stretta al suo collo buio nel buio della notte che crepita e non tace.

Sente la scala lamentarsi sotto i passi del nonno, sa che ci metterà un bel pezzo prima di dormire. Non vuole aspettare tanto. Ha bisogno di tenerezza immediata, vera, animale.

Apre la finestra ed è già sul tetto.

* * *

Estefan è davanti al recinto di Perla. Non ha capito quando, ma il sole ha timbrato il cartellino anche oggi e se n'è andato per i fatti suoi; ora inizia a far buio sul serio. All'ingresso della stalla, sulla parete, c'è un interruttore. Di accenderlo non se ne parla. Apre la porta. Sente rumore di zoccoli e odore, tanto, odore forte di stalla e di merda. L'odore di tutte quelle ore spese a ficcare il naso in una casa non sua. La luce lunare s'intrufola assieme a lui oltre la porta e si appiccica alla parete di fondo, quella con l'armadio a muro. Se non fosse stato chiuso non sarebbe stato altrettanto attraente. Estefan lo apre. Dentro ci sono due attrezzi che sembrano spugne, ma dure, e sente che se le usasse per sfregarsi via le cellule morte sotto la doccia, se ne andrebbero pure quelle vive. Ha appena visto brusca e striglia, semplicemente non lo sa. Poi incontra la cassetta del pronto soccorso e la torcia.

«Grazie!».

La afferra e l'accende. Funziona. Una bolla di luce da appiccicare dove vuole. La punta a casaccio. Ragnatele, ragni indaffaratissimi a incellofanare provviste, una gallina e... il muso bianco di Perla che accecata dalla luce protesta.

«Uh cazzo, scusa!».

Estefan posiziona la torcia dentro l'armadio aperto, la mette in modo che tagli la stalla in orizzontale, un'autostrada di luce tra lui e la cavalla. Così possono vedersi ad armi pari. E presentarsi.

* * *

Greta ha gattonato sul tetto, e ora è a un passo dalla grondaia. Sotto ci sono quasi dieci metri di vuoto. Quel tanto che basta a frantumarsi per bene; non è una sprovveduta, la bravata del giro di chiave alla porta sul retro si racconta da sola. Il punto è che c'è la quercia. Non l'ha mai fatto prima, ma è sicura che si può fare. Afferra con le mani il ramo più grosso e sente un frullare d'ali, un uccello che scappa. E pensa a quanti passerotti caduti dal nido nonno ha trovato nella grondaia morti stecchiti. Greta afferra il ramo e ci si arrampica. Scende dalla quercia come scenderebbe da una scala, piolo dopo piolo. Lo fa con naturalezza, e ogni suo gesto profuma di protesta.

In un attimo è sotto, il suo livello di autostima schizza al firmamento, poi si rende conto che è notte, che l'aria è fresca, e che, se non morisse dalla voglia di stringere Perla, avrebbe quasi paura. Si accorge solo ora di essere scalza. Si è mossa come in sogno, ha pensato a come evadere ed era un pensiero chiaro, attuabile; e intanto le sue scarpe riposano ai piedi della scala.

Per terra è un bello schifo. Ma in campagna ci è nata. E poi esiste l'acqua. Chissenefrega, pensa Greta.

Cammina verso la stalla.

«Se ti accarezzo il muso non mi stacchi la mano, vero?».

Estefan allunga la mano decisamente sozza e non solo per merito di Space Oddity. Perla si sporge contro il cancelletto che la divide da Estefan e scopre i denti, si lascia accarezzare.

«Sei strafigo anche tu, lo sai vero? Hai fame?».

Estefan si guarda intorno, il suo sguardo si ferma sotto l'armadio: fieno, tanto. Ne prende a piene mani, lo porge a Perla.

Il sentiero fino alla stalla è accettabile a piedi scalzi, ma entrarci è tutta un'altra storia. Lì sotto è umido e molle, puzza. Greta continua a camminare. La luna risplende quel tanto che basta per lasciare intuire i contorni delle cose, e il contorno della porta d'ingresso della stalla è chiaramente il contorno di una porta aperta. Strano, pensa. Nonno la chiude sempre, è attento lui, è pratico, è contadino. E ancora non ha preso a dare i numeri. Greta rallenta il passo. Ma continua a camminare.

Ne è sempre più certa: c'è qualcuno. Perché c'è luce, fioca, ma pur sempre luce. Si ferma e sente il cuore calciare sullo sterno. Ha paura. Mi giro e torno in casa, pensa. Sveglio nonno, pensa. Poi pensa che nonno si arrabbierebbe. Non può vederli con precisione in tutto quel buio, ma sa per certo che i suoi piedi sono lerci e non può assolutamente rientrare in quello stato.

Ma oltre ai piedi, al nonno, alla paura, c'è un fatto semplice semplice: Greta è curiosa.

E si avvicina.

«Ti piace? Io non so com'è che fai a mangiarla 'sta roba così a secco, a me si strozzerebbe in gola. Non so dov'è che tieni l'acqua sennò te la davo. Mi sarebbe piaciuto tenerti compagnia con una bella birra, ma mi sa che se la chiedo al vecchio, prima spara e poi s'incazza».

Greta ha ascoltato immobile. La voce che ha parlato è fresca, amichevole. Una voce giovane che non fa paura. Si fa coraggio e si acquatta dietro la porta aperta; quello che vede le fa cascare giù la mandibola e sgranare gli occhi. C'è un ragazzo là dentro, ma non è questo che l'ha colta impreparata, lo sapeva che c'era un ragazzo, aveva sentito la voce. A superare l'immaginazione è quello che il ragazzo fa: perché nella stalla se ne sta tutto fiero col fieno in bocca, e rumina proprio in faccia a Perla. La imita, o almeno ci prova. Forse è completamente pazzo, pensa Greta. Però è simpatico. E ha i lineamenti da bambino, anche se è grande. È carino, pensa Greta, carino, simpatico e completamente fuori di testa.

Greta si accuccia e continua a guardare.

«E a te t piasce 'sta oba? Bleah!».

Il ragazzo parla a bocca aperta e sbava; sputa tutto a terra. Persino Perla smette di ruminare. Solo per un istante.

«Tu ti devi ribellare, guarda che il vecchio ha cose buone in frigo, ci scommetto». Si interrompe per sputare i fili di fieno che gli sono rimasti in bocca. «Devi sperimentare piada e mortadella, o piada e salame, non biada e un fico secco. Biada. Puah!».

E succede che a Greta scappa da ridere. Perché è un po' come vedere un film, non pensa certo che l'attore dallo schermo possa girarsi e dire...

«Chi è stato?».

Greta schizza in piedi. La bambina e il ragazzo si guardano negli occhi. La bambina inizia a correre.

«Aspetta!», dice Estefan, e lo fa senza gridare col tono di chi chiede, e non pretende. Soprattutto, non la insegue.

Greta continua a correre, ma rallenta, rallenta e si gira. Si gira, lo fissa e indietreggia. Sa che la porta sul retro è aperta. Sa che può correre e entrare. E allora si ferma.

«Volevo solo vedere gli animali. Non voglio fare male a nessuno e non voglio disturbare, e non voglio che il vecchio mi spari col fucile a canne mozze nel sedere».

Greta tace, immobile. Estefan continua.

«Volevo dare da bere al cavallo ma non so dove prendere l'acqua».

«È una cavalla».

«Oh. Scusa. Non sono stato a controllare».

I sorrisi vibrano al buio. C'è fiducia. Come per la quercia, Greta pensa: si può fare. Ma ancora non si muove.

«Chi sei?»

«Mi chiamo Estefan. E tu?»

«Greta».

«Se la mia mano non fosse sporca di cacca di coniglio te la stringerei».

«Se ti vede mio nonno si arrabbia».

«Mi sa anche a me. Ma se questa è casa tua, cosa ci fai scalza? Sembri la piccola fiammiferaia».

Greta si guarda i piedi e diventa rossa, il buio è dalla sua.

«Volevo andare da Perla».

«Da chi?»

«Dalla mia cavalla».

«Oh, è tua. Ti assicuro che volevo solo giocare. Ma... pensi che possiamo parlare più vicini o hai anche dei piccioni viaggiatori per scambiarci i messaggi?».

La buona regola del “non parlare con gli estranei” le risuona nella testa, ma le buone regole dicono anche che i bambini non devono scappare dalla finestra, né calarsi giù dalle querce. Magari i grandi hanno ragione. Magari ci si spezza il collo a scendere giù dalle querce. Magari no. Lei il collo non se l’è rotto.

Si avvicina a Estefan.

«Ma tu cosa ci fai a quest’ora nel nostro campo?»

«Credo di non avere una buona risposta».

Greta lo fissa, ne aspetta una, buona o andata a male. Una risposta qualunque.

«Ero curioso. Volevo vedere cosa c’era nelle gabbie. Ho visto i conigli, ho avuto qualche battibecco con le galline, mi sono rotolato un po’ sul fieno. Ecco. Questo».

Greta annuisce.

«Diamo da bere a Perla?», le chiede.

«Perla mangia due volte al giorno, aveva già mangiato, rischi di mandarla in colica se gliene dai ancora, e poi l’acqua ce l’ha nell’abbeveratoio dentro al recinto, se ha sete beve da sola».

«Sei informata!».

«La curo io».

«Dici che le ho fatto male? Le ho dato solo una manciata di fieno».

«Non le hai fatto male, però basta».

Estefan osserva la bambina e pensa che è grande, che è forte, che è proprio un bel tipo.

Greta apre il cancello che li separa da Perla. Le si butta al collo, l'abbraccia forte. E questa volta Estefan pensa che la bambina è una bambina, una creatura minuscola da difendere come si difendono i tesori. Pensa che se il vecchio scendesse ora e lo vedesse lì, gli sparerebbe senza fiatare. E pensa che al posto del vecchio, lui farebbe lo stesso. Mentre pensa queste cose accarezza il muso di Perla, freddo e morbido. Si vede da fuori per la prima volta, sporco, in una stalla non sua, a un'ora improbabile, con una bambina. E la magia si spezza. Il cellulare gli squilla nella tasca dei jeans. La magia si frantuma proprio. Estefan estrae il telefonino. È Martino. La festa. È tardi. È lercio e fetente. È il solito cazzone di sempre. Rifiuta la chiamata. Non se la sente proprio di rispondergli lì, in quella stalla. Si inginocchia davanti alla bambina.

«Chi era?», chiede Greta

«Era un amico, dopo lo richiamo, voleva dirmi che sono in ritardo».

«E tu come fai a saperlo?»

«Perché sono in ritardo».

«Non torni a casa?»

«No, vado da lui».

«E dove sta?»

«In centro anche lui. E tu vivi col...».

«Nonno».

«Scusami se l'ho chiamato vecchio».

«Non è giovane».
«No, decisamente no».
Sorridono.
«E i tuoi genitori?».
Gli occhi di Greta si oscurano.
«Scusami se te l'ho chiesto», dice subito Estefan, e si strapperebbe la lingua a morsi, perché è quel genere di domande che odia pure lui e non sa com'è che gli è venuto in mente di chiedere una cosa così stupida.
«Fa niente. Io il babbo non ce l'ho e mia mamma è morta».
L'ha detto così, come si direbbe che la propria macchina non ha i cerchi in lega o che il latte è scaduto in frigo.
«Mi dispiace».
«E tu? Ce li hai i genitori?»
«Sì. E non sono per niente simpatici».
«Hai anche fratelli?».
Ecco perché ha sempre odiato questo genere di domande. Solo che quelle sui genitori non lo avevano mai sconvolto più di tanto.
«No, nessun fratello. Non più...».
«È morto?»
«...Sì...».
Estefan sente un nodo strozzargli la voce. E sente il dolore della ferita invisibile che si porta addosso, ferita invisibile e scoperta, che non cicatrizza e che brucia.
«Dispiace anche a me», dice la bambina.
Estefan annuisce.

«Senti, forse è meglio se me ne vado via, se scende giù tuo nonno sono guai per tutti e due».

«Soprattutto per te».

La bambina gli ha strappato via un sorriso.

«Eh, già».

«Allora, ciao».

«Ciao».

Greta si gira e poi si ferma.

«Senti...».

«Dimmi».

«Me la dai una mano?».

Estefan le tende la sua mano lercia di merda di coniglietto astronauta. Greta ride.

«Dico sul serio, me la dai una mano?»

«Sì».

«Se entro in casa così è un disastro».

Estefan le guarda i piedi incrostati.

«Eh, sì. Come facciamo? Tu mi dai i tuoi e io ti do i miei?».

Greta ride, ancora.

«Hai qualche idea?», le chiede.

«Non ci ho ancora pensato».

«Hai un secchio con l'acqua?»

«Sì, è qua dietro».

Greta gli fa strada dentro al recinto, c'è un rubinetto a muro.

«Ti vado a prendere il secchio, è nel gazebo».

«Ok».

Greta sparisce e ritorna in un attimo col secchio fra le mani.

«Adesso lo riempiamo», dice Estefan e mette il secchio sotto il rubinetto aperto. Lo scroscio dell'acqua è solo una nota in più nella sinfonia della notte.

«E poi?»

«Poi ti accompagno davanti alla porta».

«E poi?»

«Vedrai».

E s'incamminano, due figure spettinate e vulnerabili nella notte, due folletti dissennati, e bellissimi.

«Adesso siediti sull'uscio», le dice Estefan davanti alla porta.

Greta si siede.

«Dammi i piedi».

Greta obbedisce, Estefan li lava con cura, le mani dentro e fuori dal secchio. Quello che Greta prova è imbarazzo, ma anche allegrezza. Perché quello che succede è magico e bello, è pulito, è desiderabile.

«Non posso sgocciolare in casa».

Estefan si toglie la maglietta e le asciuga i piedi.

«Va bene così, principessa?».

Greta rimane muta, felice che sia notte e che non le si veda in faccia il rossore che l'accende.

«Ora puoi entrare».

«Grazie».

«Grazie a te di non avermi fatto impallinare da tuo nonno».

«Allora ciao».

«Ciao».

E se ne stanno lì, imbalsamati.

«Torni domani?», chiede Greta, all'improvviso.

«Come?»
«Domani, torni?»
«...».
«Se vieni a quest'ora mio nonno dorme».
«Ti fa piacere se torno?»
«A te fa piacere tornare?»
«Be', se vuoi torno».
«Allora ci vediamo domani sera».
«Buonanotte».
«Buonanotte».

Il ragazzo e la bambina ancora non immaginano. Non immaginano davvero.

PARTE SECONDA
DEI NOSTRI POLSI RICUCITI

Oh no, not me
I never lost control
You're face to face
With The Man Who Sold The World.

DAVID BOWIE, *The Man Who Sold the World*

In qualunque direzione vada sono a corto di vene.

VITTORIO FETA, *Visas*

Abbi sempre presente alla mente che la natura non è Dio;
che un uomo non è una macchina;
che un'ipotesi non è un fatto:
e sta' sicuro che non avrai ben compreso,
là dove crederai di scorgere qualche cosa di contrario
a questi principi.

DIDEROT, *Interpretazione della natura*

...There is a happy land where only children live
You've had your chance and now the doors are closed sir
Mr. Grownup.
Go away sir
Boo, de boo, de boo, de boo dup.

DAVID BOWIE, *There is a Happy Land*

6
DIPINGIMI
(Primavera 1999)

1

La Due Cavalli scivola nella notte.

...I'm an alligator...

Dalla cappotta sganciata il cielo è pelle negra graffiata di stelle.

...I'm a mama-papa coming for you...

Estefan guida,

...I'm the space invader / I'll be a rock 'n' rollin' bitch for you...

il Duca Bianco canta *Moonage Dreamday*,

...Keep your mouth shut, you're squawking like a pink monkey bird...

il piede è sulla tavoletta

And I'm busting up my brains for the words[7].

E i minuti non possono che scorrere.

Estefan è sotto casa di Martino, ora. Parcheggia e scende. Il dito indice è già sul campanello.

«Sali».

[7] *Sono un alligatore / Sono un mamma-papà venuto per te / Sono l'invasore spaziale / sarò una puttana del rock 'n' roll per te / Tieni chiusa quella bocca / stai urlando come un uccello scimmia rosa / E mi sto friggendo il cervello per trovare le parole* (*Moonage Daydream*, dall'album *The Rise and Fall of Ziggy Stardust and the Spiders from Mars*, David Bowie, 1972).

La voce al citofono è distorta, irreale, Estefan sale i tre piani di scale e pensa che parlano pure le cose.

Sulla porta c'è un Martino sfiancato e pallido, con addosso una maglietta degli Smashing Pumpkins nera con la scritta *Zero* sul petto e un profumo da discount che se non conquista, certamente stende.

«Dove cazzo sei stato? Lo sai che ore sono?»

«Scusa».

Estefan abbassa gli occhi e sente montare dentro un'Angoscia che lo storpia. Martino lo vede: è lercio, incrostato. Martino lo sente: puzza.

«Ehi, ma che hai fatto?».

Estefan scuote la testa, tenta di appiccicarsi un sorriso alla faccia. Tempo perso. Le mani gliela stropicciano: stracci, su una lavagna scarabocchiata a gesso. Tutto da rifare.

«Allora? Che ti è successo?»

«Ho insultato galline, saltato sulle ortiche, rischiato la fucilazione da un nonno, masticato fieno con una cavalla, mi sono fatto cagare in mano da un coniglietto volante e ho lavato i piedi a una bambina».

Si guardano. Il viso di Estefan è un calco d'argilla.

«Entra».

Martino muove il braccio in un gesto d'invito. Estefan nota la mano sinistra: livida, gonfia, ancora e più di prima.

«Ti sei rotto la mano».

«Non dire cazzate. Entra».

«Fammi vedere».

«Entra».

Imperativo assoluto, occhi di sasso: se bussi non aprono. Se vuole battaglia, Estefan, non ha che da insistere. Non è il momento.

Entra. E si dirige verso il bagno.

«I miei guardano la TV in sala, fa' piano e infilati sotto la doccia, ok? Lavati per bene, scorticati proprio».

«Sì *daddy*». Estefan accenna un sorriso stanco mentre imbocca il corridoio.

«Cristo quanto puzzi, sposti l'aria», dice Martino arricciando il naso.

«I corpi in movimento lo fanno».

«Sì, ma il tuo corpo in movimento puzza».

«Mi presti anche i tuoi vestiti orribili, vero?»

«Ti pare che ti faccio uscire così? Non so te ma io stasera rimorchio».

«Guarda che alle donne piace l'uomo animale».

«Lavati, per favore».

Estefan entra nella doccia, di nuovo solo con la sua mente. Il getto caldo lo scrosta, ma non lo scalda. L'acqua scivola dritta dentro lo scolo, anche i pensieri di Estefan cadono in un unico buco, nel bucovoragine della sua paura più grande, opporsi è impossibile, come risalire senza forze una corrente violenta. Cerca di ancorarsi al reale, concentrandosi sulle piastrelle di ceramica. O forse è la ceramica che lo cerca e non lo trova. È il mondo che lo chiama, coi suoi colori e le sue forme tangibili, e lui è volato via. Introflesso nel Gioco del Se, il più brutto lercio gioco in cui poteva cadere. Fissa le piastrelle: non le vede. Ogni piastrella un buco, un se, un Sebastiano con la faccia contrita che rantola, un Sebastiano con la faccia placida che dorme e che sogna. Dov'è il Sebastiano vero? Sono vere tutte e due le facce, la mente le ha rese ugualmente vere, risalire all'origine è impossibile. Non sente l'acqua bruciare e la pelle, rossa, implorare un basta. Lui vorrebbe dire basta, ma prima vorrebbe capire quale delle due facce è vera, e con che faccia guardarsi allo specchio quando l'avrà scoperto. Assoluzione o condanna? Libertà o castigo? Cerca la verità, Estefan; si è convinto di possederla, da qualche parte dentro la testa. Si è fissato che deve ricordare, ricordare e ricordare. Così, opera con follia chirurgica su uno straccio di ricordo frantumato, cerca i tendini saltati dei ricordi, tenta di colmare i buchi, crea ipotesi di paure che germinano, proprio come i petali neri di cui era vestita Mamma in fondo al buco nello scivolo. E le paure lo ghermiscono, trascinandolo giù, in una melma malsana che confonde e divora, in una follia lucida di costruzione di possibilità terribili perché plausibili, plausibili perché possibili, possibili perché pensate, pensate perché presenti, da qualche parte, nella mente. Niente di tutto questo le rende reali. Solo la paura. E la paura è tanta, più palpabile del reale, è materiale la paura, solida: è lastra di cemento a oscurare la ragione.

Estefan è un Prometeo nudo, arrossato, gocciolante, legato dall'immaginazione con lacci d'acciaio sulla cima più alta e più esposta a strapiombo sull'abisso. Anche lui ha conficcata una colonna in corpo. E c'è un'aquila. Che gli squarcia il petto e lo divora.

Per un istante gli sembra tutto assurdo, pensa che è

giunto il momento di smetterla: non ha ucciso suo fratello, non volontariamente. Se è successo qualcosa di strano lui di certo non se n'era accorto, altrimenti non l'avrebbe mai permesso. Mio fratello è morto e io non c'entro, si dice.

E il fegato si riforma, polposo e giovane. Il vapore non è nella testa, è nella doccia, perché lo vede. Vede la ceramica di cui sono fatte le piastrelle e sente il getto d'acqua bollente bruciargli la schiena. Chiude l'acqua, apre la finestra. Respira. Si asciuga.

E sente il bisogno di verificare.

Di dirsi che può stare tranquillo, che finalmente ha capito, che può considerarsi assolto, che è innocente, che non ha ammazzato suo fratello.

E l'aquila ritorna. Non un giorno di pausa. Perché lui non è Prometeo, lui non salva gli uomini. Lui ammazza i fratelli.

Il becco dilania, lo scava, gli strappa via brandelli di vita, gli dice che sì, ha rimosso qualcosa. Che sì, la vede la faccia di Sebastiano, eccome: contratta in un rantolo. Vede se stesso, sì. Se stesso che non chiama aiuto, che non si scompone, che l'osserva morire e s'infila nel letto.

Forse è successo. Forse ha ucciso suo fratello. Forse era fuori di sé.

Forse.

«Ti muovi o no?». La voce di Martino è un tentativo ridicolo di riportarlo al reale.

Si muoverà. Metterà quintali di vita a schiacciare il dolore. Apre la porta, volute di vapore arabescano l'aria.

«Andiamo?»

«Andiamo», sussurra Estefan.

Dei jeans e una maglietta senza scritte vanno bene.

Salgono in macchina.

Martino apre il cruscotto: cassette, tante. Rovista: Radiohead, Sex Pistols, Lou Reed, Jeff Buckley, Tom Waits, The Doors, Il Duca Bianco, il Duca Bianco, il Duca Bianco, i CCCP, i Cure. I Clash.

Il viso di Martino si contrae muto.

«I Sex Pistols ti vanno ok?»

«Mi vanno ok».

...Turn the page and it's / The scoop of the century...[8].

I Wanna Be Me. È un colpo di rasoio nella notte. Apre la strada.

Partono.

2

Il Velvet è un casino già all'ingresso. Il cellulare di Estefan miagola un SMS: Fabio, è con Sergio, li aspettano al guardaroba; delle ragazze nessuna traccia. Gianni li ha messi in lista. Bravo Gianni. L'entrata è rapida e indolore. Tanto a Estefan non gli importa di niente, si scortica con le frequenze distorte del reale mentre cerca di sorridere, di essere quello di sempre, di non destare sospetto. Saprebbe rispondere a zero domande.

Martino si ripara la mano gonfia contro il petto, Estefan non lo nota.

[8] *Voltare pagina, ed è / lo scoop del secolo* (*I Wanna be me*, dall'album *The Great Rock 'n' Roll Swindle*, Sex Pistols, 1979).

«Le vedi? Vedi almeno Gianni? Prima troviamo le ragazze e poi andiamo al guardaroba, che ne dici?».

Estefan cammina, sguardo fisso e orecchie appese alla voce di Billy Corgan.

...No bodies felt like you, nobodys...[9].

«Oh, Estefan, ma ci sei?».

Bodies gonfia l'aria. I ragazzi pogano. Le luci rimescolano un brodo primordiale di pensieri stroboscopici, intermittenti.

«Eccole, eccole! Muoviti! Ho visto Alice, sono al bar!».

Alice.

Mentre le cammina incontro si ricorda di sorridere.

* * *

Le ragazze si dividono in tre categorie: le gnocche, le alternative, le racchie. Il fatto che fra le gnocche ci siano delle racchie scosciate e che fra le racchie ci siano delle potenziali gnocche inconsapevoli non è che l'eccezione che conferma la regola. Le alternative sono alternative, deve piacere il genere.

Alice è alternativa, gnocca e pure inconsapevole. Praticamente dio è femmina e cammina sulla terra. Ha lo sguardo fiero delle persone che sanno che il destino e la plastilina sono parenti affini, li si modella entrambi e per farlo si ha un certo tempo a disposizione, sennò poi scadono e incaponirsi a manipolarli non è che serva più a molto.

[9] *Nessun corpo si è sentito come te / nessuno* (*Bodies*, dall'album *Mellon Collie And The Infinite Sadness*, The Smashing Pumpkins, 1995).

Alice non ha le tette grandi, non ha le gambe lunghe; ha lineamenti strani, asimmetrici, di quelli che potresti guardare per anni senza sbadigliare mai. Alice è sexy. Ha stile. Jeans neri semplici e una maglietta con un tripudio di aquiloni colorati che nei negozi non trovi. Dall'orecchio sinistro ciondola un orecchino strano, un cucchiaio minuscolo come quelli della signora Minù, uno dei cartoni per cui Estefan andava matto quando era bambino. Ha tante piccole cose Alice, tutte particolari, che non sminuiscono gli occhi, che non distraggono, che non fanno rumore. Tante piccole cose che fanno risaltare una luce naturale, o almeno così gli pare. E pensa che sarà il caso di rompere il ghiaccio e di iniziare a parlarle.

«Ciao! È da molto che siete qui?», chiede Martino.

«No. Siamo arrivate da meno di mezz'ora, ci ha messe in lista Gianni... Ma tu hai una mano rovinata. Fa' vedere», dice il dio femmina. Estefan pensa che sarebbe bello rompersi una mano sulla faccia di Martino.

«No, non è niente, ho preso una botta, ma va già meglio», risponde Martino mentre si preme ancora di più la mano al petto.

«Anch'io sai ho un dolore pazzesco, non è gonfia perché il trauma è fresco, ma sento che domani la dovrò amputare».

Estefan porge la mano ad Alice, la guarda negli occhi, di un nero che ci si perde. Si sente idiota. Poi lei sorride, e dentro sente sciogliersi i ghiacciai e montare adrenalina, un'urgenza di vivere che lo strappa alle sue angosce. Sa che può qualsiasi cosa quando si sente così, sa di avere un'unica paura, la solita di sempre. Sa di non avere niente da perdere. C'è solo da prendere. E allora prende, Estefan. O almeno ci prova.

«Con la mano sana posso offrirti da bere. Che dici, ti va?»

«Sì».

Un sì semplice senza fronzoli e nastrini. Un sì detto guardandolo per bene dentro agli occhi.

Vorrebbe che lei lo trovasse intelligente, vorrebbe che lo trovasse interessante, vorrebbe piacerle, parlarle con le parole giuste, quelle che hanno i tipi giusti al momento giusto, domandarle cose che spalanchino strade, gettino ponti, funi, qualsiasi cosa fra i loro universi. Peccato non gli venga in mente nulla di brillante.

Decide di iniziare dal *basic*: livello *beginner*.

«Che vuoi bere?».

Martino, a un metro di distanza, vive un dilemma esistenziale: Veronica o Francesca? Carine. Una schizofrenia galoppante lo fa oscillare tra lo stordito e l'audace. Pensa che una vodka lo possa equalizzare.

«E a voi che vi va? Offro io». Si lancia.

«E Sergio e Fabio?», chiede Francesca. Così Martino dopo essersi lanciato si raccoglie.

«Ah, già. Sergio e Fabio. Al guardaroba. Adesso li raggiungiamo».

Pensa che la situazione si è equalizzata da sola. E che Veronica è molto più carina.

* * *

Sergio ha un'autostrada di lingua nella bocca di Francesca, se continua a spingerla contro la colonna i posteri la troveranno allo stato fossile.

Estefan e Alice riescono a mescolare fluidi persino a distanza, non si sono ancora toccati ma negli occhi, proprio come in quelle macchinine fotografiche tarocche per bambini, quelle che clicchi e scorrono i paesaggi, sono scorse e scorrono a torrente le posizioni più conturbanti del *Kamasutra*.

Martino ha un dolore alla mano che gli verrebbe da piangere, ma piuttosto che farlo preferirebbe amputarsela e con quella prendersi a schiaffi. Quindi se ne sta fermo come uno stoccafisso della Findus. Seduta al suo fianco, sui gradini lerci della sala grande, c'è Veronica, giocherella con le mani mentre aspetta da Martino un cenno, un bacio, un assalto, e questo è evidente, perché non cerca lo sguardo delle amiche e non si annoia. Ma Martino cerca di contenere il dolore fissandosi su altro, in questo caso sulle evoluzioni di una blatta ubriaca che annaspa a terra dentro a una pozza di birra. Martino, in questo momento, considera Veronica al di sopra della sua portata, la blatta lo distrae anche da questo pensiero. Quindi restano così, seduti e vicini, in connessione muta, in un'ADSL un po' farlocca.

Ora, contro la colonna che divide la sala grande da quella piccola, in uno spazio ibrido di suoni in cui la musica afro scazzotta col rock, Estefan guarda Alice e sente di dovere dire qualcosa, l'unica cosa che vorrebbe dirle è: fai l'amore con me.

Invece sente la sua voce di rum e cola chiederle: «Cos'è che ti piace fare, intendo dire, cos'è che ti interessa?».

C'aveva pensato bene, gli sembrava una buona domanda, ora però si sente un tipo un po' coatto, di quelli che ti sbrodolano addosso un: ehi ma io e te non ci siamo già visti? Però tace e aspetta, aspetta e la guarda.

Lo guarda anche Alice, in modo indecifrabile e intenso, Estefan sente un brivido, e non solo al petto, ma decisamente più in basso. Se basta questo, la cosa si fa molto interessante, pensa. Alice resta in silenzio.

«Ho quasi paura che tu mi risponda. Se ti piace giocare a *shangai* con le ossa rubate al cimitero non possiamo essere amici. O forse sì».

La fa ridere.

«È che mi sembra che tu me lo abbia chiesto davvero. E stavo pensando se essere sincera anch'io».

«Di solito dici balle?»

«Tu chiedi sempre cose che ti interessano?»

«Uno a uno palla al centro».

«A me sembrava che stessimo uno a zero per me».

«L'arbitro è cornuto».

«Mi piace dipingere».

Silenzio.

«...Vorrei vederli».

Gli occhi di Alice gli scavano dentro. Irriverenti e sfrontati.

«Ne ho un paio in macchina».

Estefan sente le porte del paradiso spalancarsi, san Pietro alzare un calice di Sangiovese e un coro di angeli stravolti suonare il rock 'n'roll.

* * *

La 500 blu di Alice profuma di tempere e talco: di buono. Il mangiacassette assapora e rutta fuori *Voglio una pelle splendida*, degli Afterhours. Gran canzone, pensa Estefan. E pensa che *un pensiero superficiale che renda la pelle splendida* lo vorrebbe pure lui.

Le dita bianche di Alice scartano leggere il foglio grezzo che copre una tela formato A3.

«La devo portare a incorniciare, ma sono già tre giorni che me la dimentico dietro».

La estrae, delicata e precisa.

«Tieni».

Estefan la prende ai lati, attento. Alice accende le luci anteriori interne. Ha usato i blu, splendidi, gli aranci e i rossi. Un vortice di fiamma dal sapore lisergico e un po' rétro. Il colore, spatolato, è in rilievo, invitante, le dita di Estefan lo scorrono leggere, così leggere che Alice tace. Sono mani che non rovinano, che hanno cura.

«Mi piacciono i colori. Tanto».

«Ho usato il blu zaffiro e cobalto, dei rossi il magenta e l'amaranto, l'ho miscelato col giallo e...».

«La luce non rende giustizia».

«Già».

«Cosa volevi rappresentare?»

«Tu cosa ci vedi?»

«Un vortice. Un vortice di fiamma. Ma tu cosa volevi rappresentare?»

«Io non voglio rappresentare niente. Io voglio esprimere, buttare fuori, capisci? Finché non butto fuori non lo so cos'è che ho dentro».

Estefan la guarda negli occhi, non può non guardarla. E la bacia, forte e dolce insieme e riesce a non pensare a niente che non sia quel bacio, che non sia la pressione di quelle labbra dolci di rum e di cola e di lei che è bellissima. E vorrebbe morirci su quelle labbra, non pensare mai più, non ricordare, non torturarsi. Morire sulle labbra di Alice, in un vortice di emozioni blu cobalto e magenta.

«Mi è piaciuto», dice Alice.

«Non volevo rappresentare niente nemmeno io, volevo solo esprimere», dice Estefan, con la dolcezza che hanno i bambini quando li stringi fra le braccia e la forza e la malizia dei fauni quando penetrano e assaltano.

Alice sente il suo odore aspro e forte e vorrebbe sentirlo più a fondo, vorrebbe rubargli fiumi di seme stellato e stringerlo al seno. Questa volta è lei a baciargli le labbra, lui la stringe, la respira. E la tela sbatte contro il cruscotto.

«È meglio metterla via, sei d'accordo?», dice Estefan.

«Sì», sussurra.

Estefan mette la tela sul sedile posteriore e il suo sguardo cade a terra, sopra quattro piccoli vasetti colorati.

«E questi cosa sono?»

«Ditacolor».

«Dita che?»

«Ditacolor, ci gioco con mio nipote, sono colori che

puoi usare sulla pelle e vanno via con l'acqua. Oggi gli ho dipinto la faccia come un indiano».

Estefan non sorride, non accenna espressioni. Pensa.

«Tutto ok?», gli chiede.

Niente è ok e tutto va avanti lo stesso. Ora c'è un'urgenza. Di mescolamento. Estefan vuole mescolarsi con Alice, vuole sentirla, vuole impiastricciare ogni suo fluido con lei. E gli è appena balenata un'idea delle sue, da animaletto pazzo.

«Dipingimi».

«Come?»

«Dipingimi».

Alice ride isterica. Estefan l'ha presa in contropiede, e non sa se la prende in giro o se è proprio così come si mostra: adorabilmente fuori di testa.

«Tu sei tutto matto».

Silenzio.

«Sei serio?»

«Voglio che mi dipingi, voglio che ti esprimi su di me, coi colori. Finché non butti fuori non lo sai cos'è che hai dentro, l'hai detto tu, e allora io voglio vedere cos'è che hai dentro. Voglio che mi dipingi».

Alice si trova a baciarlo, e non sa nemmeno lei quand'è che ha perso la testa, ma sa che non sta ragionando, che quella notte ha leggi tutte sue, o non ce le ha affatto. Sa che non gliene importa un fico secco, e che l'idea di dipingerlo la eccita da impazzire.

Sa anche, in un fulmineo istante di lucidità, che dipingerlo nell'auto dei suoi nel bel mezzo del parcheggio del Velvet non è un'idea brillante.

«Non qui però».
«No, non qui».
«E dove?»
«Potremmo andare via, conosco dei posti splendidi».
«Non posso, sono in macchina con le ragazze... Abbiamo il coprifuoco alle due e...».
«Abbiamo un sacco di tempo».
«...».
Non la sfiora. Non la forza. Aspetta.
Alla fine arriva: «Sì».
Partono nella notte.
Dal Velvet, intanto, si alza prepotente e feroce *Safe European Home*.
Clash.

* * *

Il *wild* selvatico di notte è meraviglia. Fondo e cupo, brulicante. Una fiaba in luna e nero. Hanno preso un sentiero sterrato e l'hanno percorso fino a che non si è fatto stretto stretto, mangiato dai rovi che sporgono sulla ghiaia.
«Capolinea», dice Estefan.
«Che si fa?», chiede Alice
«Si scende e si esplora».
È rigida, gli occhi grandi. Guarda fuori.
«Hai paura?»
«Un po'».
«Qui è tranquillo, non è come nei parchi».
«È buio».

«C'è la luna piena. Si vedrà meglio di quello che credi e io non sono un licantropo. Quando vuoi tornare me lo dici, in qualsiasi momento, e si torna».

«Ok. Proviamo».

«Ti va di svuotare la tua borsa?»

«Perché?»

«Così ci mettiamo i Ditacolor e lasciamo il resto in macchina, che ne dici?».

Alice svuota la borsa: portafogli, cellulare e chiavi. Infila tutto nel cruscotto, ci finisce anche il cellulare di Estefan. E scendono nella notte. Dai timpani sfiata fuori il fischio assordante della musica, Alice guarda Estefan muoversi nel buio, sembra un gatto, sembra che per lui sia normale muoversi così, in quei luoghi e a quelle ore strambe.

«Tu ci vieni spesso?»

«A volte. Quando gironzolo da queste parti stacco con tutto».

«E da che cos'è che vuoi staccare?»

«Tutti vogliono staccare da qualcosa».

«Sì, la gente ha vari passatempi, sport, Playstation, fa risse nei locali, si droga. Ma non conosco nessuno che scorrazzi di notte nei boschi».

«Non è un bosco», risponde Estefan, e la sua è una risposta brusca. Se ne rende conto tardi, quando è già aria nella sera.

«Ok, ma continuo a non capire da cos'è che stacchi».

Non rovinare tutto, pensa Estefan. Non chiedere nulla. Non muovere la sabbia dentro il bicchiere. E sente che qualcosa già si muove, sente la puzza che sale. Il suo passo si fa più veloce. È il passo di chi distanzia.

Le fughe sono tutte uguali.

«Ehi, va' piano!».

«Scusa».

«Che c'è?».

Il *loop*. C'è che non bastano quintali di vita a murare il passato. C'è che improvvisamente vorrebbe essere solo.

«È per qualcosa che ho detto?».

Estefan respira, non la guarda negli occhi, non ce la fa.

«Non mi va di parlarne, ok?».

Ok un cazzo, pensa Alice. Poi pensa che sì, è ok, pensa che con quella domanda si è incrinato qualcosa. Pensa che le dispiace da morire.

«Scusami, tu non c'entri. È che non riesco a parlarne».

«Vuoi provare?»

«No. Voglio che mi dipingi i tuoi mondi addosso, ok?»

«Ok».

E mentre la guarda ha paura: che sia come ogni altra volta, che lei sia uguale a tutte le ragazze del mondo. Paura che si innamori di lui. Che le scatti quel fottuto istinto da crocerossina che la porterà a volere scavare in lui con artigli smaltati. Non lo vuole quell'amore, non se ne fa un cazzo dell'amore. Lui vuole meraviglia, che frantumi la successione dei minuti, l'incedere del tempo, che sconvolga lo spazio. Vuole incrinare il senso del reale, Estefan. Ma la magia si è spezzata e lui si odia per questo, lui la odia per questo, lui odia tutto. E non lo accetta. Sarà amorevole stanotte Estefan, si dice che può. Si dice che deve.

La stringe forte e le annusa i capelli. Sente calore, desiderio, bellezza. E la meraviglia ritorna. Ritorna l'illusione.

È così difficile.

* * *

...I Went to the place where every white face...

Martino è scattato in piedi, occhi da bestia braccata.

...is an invitation to robbery...

Veronica non capisce, Martino non parla, non la guarda, semplicemente parte, col passo di chi sfonda.

... an' sitting here in my safe European home...

Veronica lo segue.

...I don't wanna go back there again...[10].

Safe European Home ha innalzato muri di carne fra Martino e l'uscita. I ragazzi pogano, sudano, schizzi di birra dai bicchieri danzanti. A terra lo schifo.

Martino spinge col torace e con le mani; la sinistra manda morsi al cervello, canini appuntiti affondati nell'encefalo. Dilaniano.

Un ragazzo con la camicia a quadri lo afferra per le spalle. Dietro di lui, aggrappati nel medesimo modo, una sfilza di ragazzi urlanti. Classico trenino del cazzo.

[10] *Sono stato in un luogo in cui ogni faccia bianca è un invito alla rapina / E seduto qui, nella mia sicura casa europea / Non voglio tornarci di nuovo* (*Safe European Home*, dall'album *Give 'Em Enough Rope*, The Clash, 1978).

Martino, senza tanti complimenti, lo scosta col gomito. Olecrano contro costato. Il ragazzo a quadri non gradisce. Lo scuote per le spalle.

«Cazzo fai?», gli ringhia.

«Fanculo», ribatte Martino, gli occhi all'uscita.

E lo scambio cortese è appena iniziato.

«Fanculo a chi? Pezzo di merda».

Il ragazzo a quadri lo spinge. Il trenino deraglia, ogni vagone una traiettoria. Tutte oblique. Gli occhi di Martino sempre all'uscita, i passi la cercano, le mani del ragazzo a quadri lo fermano, stringono, trattengono.

«Dove cazzo credi di andare?».

Martino si libera: il suo destro parte e affonda contro la bocca dello stomaco. Il ragazzo a quadri incassa e risponde, immediato, con un pugno in pieno viso. I vagoni attorno a loro formano un binario circolare. Veronica è pallida, occhi grandi e mandibola floscia: sgomenta.

Martino cade. Il ragazzo a quadri sopra. Saprebbe difendersi, Martino, molto bene. Avrebbe bisogno di entrambe le mani.

«Basta!».

Veronica ha sentito la sua voce uscire dalla gola e ha assistito stupita alle sua mani bianche chiuse a pugno contro la testa quadrata del ragazzo a quadri. Fanno male i pugni piccoli, sono tutt'ossa, nervosi. I vagoni ridono. Un paio di binari disertano e accorrono. Staccano il ragazzo a quadri da Martino. Veronica, a terra, lo stringe.

...Yes I'd stay an' be a tourist / but I can't take the gunplay...[11].

È così che Joe Strummer finisce di cantare. Un buttafuori coi rasta nella barba e cinquanta chili di troppo lo alza per la maglietta, lo tira su come un fazzoletto usato che richiede appena lo sforzo di poche dita schizzinose, e lo indirizza all'uscita. È pesto, Martino, ma non è questo il problema. Il problema serio è nella mano e dentro, nella testa. Il problema serio è avere due problemi. C'è un'anima che urla e una mano che sembra un pallone da rugby.

«Fammi chiamare Alice, hai un cellulare?», gli chiede Veronica.

Martino annuisce, frastornato. Lo prende dalla tasca e glielo porge.

«Voglio portarti al pronto soccorso, subito», conclude decisa.

Cazzate, pensa Martino. Ma non lo dice, non a Veronica. Lo pensa e lo tiene per sé. Qualcuno si preoccupa per lui, quel qualcuno è femmina, quel qualcuno è Veronica.

E pronto soccorso sia.

* * *

Seduti sul ciglio di un volo mortale, al limite massimo di una crosta argillosa a strapiombo sul fiume, Estefan e Alice guardano l'acqua: uno specchio oscurato che

[11] *Sì, mi piacerebbe restare ed essere un turista, ma non posso prendere fucilate* (*Safe European Home*, dall'album *Give 'Em Enough Rope*, The Clash, 1978).

rimanda immagini spettrali e deformi, una luna zigrinata e molle, braccia annegate e gonfie di alberi spettinati dal vento. Ogni tanto il frusciare d'ali tra fronde e versi sconosciuti di sconosciuti uccelli. Poi ci sono le zanzare, perché la primavera fa evaporare il sapore del sangue e le spurga dalle larve e Alice si gratta senza tregua piedi e braccia.

«Ma non ti mangiano?»

«No. Ho il sangue blu», risponde Estefan mentre la tira a sé e le respira nei capelli.

«So come farti scordare le zanzare», le dice.

«Ah, sì?».

Le entra in bocca con la lingua e la stringe. Alice vorrebbe uno *stargate* al posto del petto, una porta stellata, un buco spaziotemporale in cui inghiottirlo. Si dimentica delle zanzare. E lì, sul ciglio del nulla, sopra un salto di metri e metri fino a sassi e fiume, diventa tutto un gioco di mani e di bocche, di pelle e di correnti.

«Dipingimi».

Le mani di Alice tremano mentre gli solleva la maglietta. Il petto glabro di Estefan ha il colore glauco della luna, i muscoli sono schizzi di matita.

«Sdraiati», gli dice. Estefan si sdraia.

Alice estrae dalla borsa i quattro barattoli di colore: giallo, rosso, verde e blu. La punta del dito medio nel vasetto rosso. La punta del dito medio dentro l'ombelico di Estefan, che sente il sesso e il cuore calciare chiusi nei jeans e nel petto. Estefan guarda il cielo, e pensa che contiene tutti i colori. Che il nero non è nero. E che la notte non fa paura.

Il dito di Alice sale allo sterno. Un tronco flessuoso di rosso vivo che la notte coagula in rosso venoso. Immerge ancora il medio nello stesso barattolo: dal tronco dipinge rami che si estendono vigorosi sull'addome. Estefan sente il fresco delle dita, il bagnato del colore. E non riesce a non pensare alle sue dita dentro Alice, dentro all'umido di lei, nel suo colore più vivo. Le accarezza i capelli.

«Non ho finito. Le tele non si muovono. E tu ora sei una tela di carne», gli sorride.

Estefan sospira e non ribatte, si rilassa, gli occhi al nero stellato.

È il turno del blu. La punta dell'anulare lo bacia e sulle estremità dei rami depone foglie accese. Estefan conta venti minuscole pressioni, venti lacrime blu su rami ardenti. Poi è il giallo. L'indice traccia attorno al capezzolo sinistro un cerchio, si posa sulla punta e la colora.

Alice lo guarda. Guarda il cordone ombelicale rosso che lo lega alla vita con la forza di una quercia. Guarda i getti blu partoriti dal fuoco e guarda il sole.

«Ti ho dipinto».

«Hai finito?»

«Sì».

«Non hai usato il verde».

«Tu per me sei rosso, i tuoi fiori sono blu e bruci sotto un sole giallo».

«Sono i colori del tuo quadro».

«Sono i miei colori».

«È il mio turno, adesso».

«In che senso?».

Alice lo guarda interdetta, un imbarazzo improvviso le colora il viso e la notte lo nasconde.

Estefan si siede, le sfiora il viso e i capelli e le sue dita scendono sul collo, sul seno, sui capezzoli, e poi giù fino al ventre, fino al bordo della maglietta.

«Voglio liberare gli aquiloni», dice.

E li libera. Nessun reggiseno. Le sue labbra sono già strette attorno al rosso carne dei seni, esplorano e succhiano. Le mani scendono e slacciano i jeans. Le mani sfilano.

Nessuna parola. Alice lo guarda e non si muove, nuda. Solo il cucchiaio di Minù appeso all'orecchio è rimasto.

L'indice di Estefan nel rosso. L'indice di Estefan sotto le labbra di Alice traccia una linea retta fino al pube. E con il medio entra.

«Così ti vedo. Unita».

Lei geme e lo cerca con le mani. Estefan si slaccia i jeans. E le entra dentro fino in fondo, piano. Pance che strisciano, l'albero si incendia, il fuoco sbrana i contorni e uccide i pensieri. Vengono, così. Stretti e sudati. Il vento della notte è un ladro imbranato, ruba i respiri e li disperde lungo campi iridescenti.

Estefan e Alice non possono sentire i loro cellulari squillare e squillare e squillare, dentro una 500 blu scordata ormai troppo lontano.

Si addormentano. Dimenticati e abbracciati.

* * *

«Ma che...».

Un'allodola. Uccello con canto di gioia. Uccello diurno, di sole e speranza.

Uccello che ha appena cacato in testa a Estefan e che gli zompetta indifferente sulla schiena.

«Oh porca merda».

È il caso di dirlo.

L'allodola vola via, molto più leggera di quando si è posata. Nulla di romantico nel modo in cui Estefan scuote Alice e la strappa al sogno, nulla di romantico nella fiatella *eau de rum e cola*.

«Che c'è?». Bisogno di zero spiegazioni. Alice apre appena le palpebre: la luce del giorno le riduce le pupille a punte di spilli. È già in piedi, schizzata su come una bambola a molla. Gli occhi a palla, un'espressione di puro panico.

«Oh cazzocazzocazzo!». Alice raccoglie alla meno peggio vestiti e barattoli, e inizia a camminare nuda.

«Alice!».

«Mi ammazzano».

«Alice!».

«Che c'è?!».

«Sei nuda».

In lontananza un cacciatore, immobile come un baccalà sotto sale, la fissa contento. Alice lo vede e si rannicchia a terra. Si rende conto di quante formichine e insettini del sottomondo siano in gita didattica sul suo corpo.

«Oh cazzocazzocazzo!».

«Vestiti e andiamo, forza!».

Estefan si allaccia i jeans e si infila le scarpe. La maglietta sulle spalle. Corrono verso la 500.

Venti chiamate sul cellulare di Estefan e venticinque su quello di Alice. Da casa dei rispettivi genitori e dal cellulare di Martino.

«Oh cazzocazzocazzo!». Il *loop* di Alice è sempre quello. Quello di Estefan per fortuna tace: un casino alla volta. Punto primo: chiamare Martino.

«Deficiente, Alice è con te?». È il suo buongiorno.

«Sì... ma cos'è successo? Ho visto ora le chiamate».

«Lo sapevo. Senti, alla fine le ragazze le ha riaccompagnate Sergio, ma i genitori di Alice hanno dato di matto... volevo chiamarti prima di loro, darvi il tempo di trovare una scusa decente...».

«Sì, ma cos'è successo?»

«Alice doveva rientrare alle due, i suoi hanno fatto partire un giro di telefonate che al Cremlino gli fanno una sega... Almeno avete scopato?»

«Dove sei?»

«Al pronto soccorso, ma sto bene».

«Come al pronto soccorso?!»

«Ocazzoocazzoocazzo». Alice. Il suo mantra preferito.

«È stata un'idea di Veronica, ma non ho niente di grave».

«Cosa vuol dire niente di grave? Che ti sei fatto?»

«...La mano, me la sistemano tra poco. Me la cavo da solo, ok? Tua mamma piuttosto, è meglio se ti fai ved...».

«Fanculo mia Mamma. Arrivo».

La 500 parte sgommando. Le dita di Alice premono nervose i tasti del suo Nokia rosso. Numeri familiari, di casa. La risposta non si fa attendere.

«Non è come pensi, fammi spiegare, mamma!».

Mamma non fa spiegare. Grida con la voce di un'orsa spaventata.

«Sto bene, non è successo niente, posso spiegare, è che un amico di un mio amico è al pronto soccorso e...».

Mamma ha già parlato con l'amico dell'amico e con le amiche della figlia. Mamma è incazzata nera e l'arrampicamento sugli specchi è un'acrobazia autolesionista.

«Arrivo subito».

Unica risposta possibile. Arrivo subito. Il Nokia sparisce nella borsa. Si guarda nello specchietto retrovisore e il mantra riparte: i Ditacolor sono finiti pure lì, bellamente spalmati sul viso d'angelo.

Estefan guida. Faccia dura.

«Mi porti a casa, vero?»

«Vado al pronto soccorso».

«Quelli mi ammazzano, cosa gli dico? Devi portarmi subito a casa!».

«Ho un amico al pronto soccorso».

«Senti, è la mia macchina! I miei mi scannano, lo capisci?!».

Le mani di Estefan si serrano al volante: tenaglie.

«Certo, capisco. Mamma e papà che ti sculacciano sono molto più importanti di un ragazzo al pronto soccorso».

«Non volevo dire questo».

«Sì, volevi dire questo».

«Mi porti a casa?»

«No. Ti porto al Velvet. Lì prendo la mia macchina, così tu corri dai tuoi e io al pronto soccorso».

Si gira e la guarda, per la prima volta da quando si sono svegliati. Vede una ragazza stropicciata. Una ragazza. Punto. Persino viziata. Una ragazza che gli sembrava molto *wow* e forse lo è, ma è una ragazza fra miliardi di ragazze.

«Perché mi guardi così?».

Perché ti ho voluto vedere diversa da come sei. Perché non lo so come sei. Perché non mi interessa. Perché mi hai dipinto un albero di fuoco con le foglie blu. Perché nessuno mi ha mai dipinto un albero di fuoco con le foglie blu. Perché mi è piaciuto. Perché fare l'amore con te è stato splendido. Perché non sarà mai più così splendido perché tu vorrai entrarmi dentro. Perché io non te lo permetterò. Perché mi ami. Sarebbero state le risposte giuste.

«Così come?». Gli occhi ritornano alla strada.

«Con disprezzo».

«Non ti guardo con disprezzo».

Abbandonati i campi, fuori dal finestrino la città è strisce di colore grigionero. Giunti nel parcheggio la domanda di Alice arriva puntuale, triste.

«Mi chiami?»

«Sì».

Estefan scende, Alice non parte. Lo guarda salire sulla Due Cavalli bianca. E sgommare via.

7
AMICI DI GESSO
(Primavera 1999)

1

Estefan vede Martino seduto in fondo al corridoio, contro il muro. La sua faccia è livida: non contrasta con le pareti verde malattia del pronto soccorso ortopedico. Ha la febbre. Non ci vuole un medico per capirlo. Le facce intorno sono isole, ognuna concentrata sul proprio punto di frattura; fra loro, non collimeranno mai.

«Non se ne può più. Sono due ore che aspetto e non si è visto ancora nessuno! Come gli animali siamo. Come gli animali!».

È una donna coi capelli unti e una tuta dimessa a gridare. Cammina meglio di tutti, non zoppica, quando sbraita gesticola con le mani. È sola. Urla per urlare.

«Martino!». Estefan è padre e fratello.

Martino accenna un sorriso incerto. Alza la mano sinistra: sembra un guantone da pugile color melanzana. Ha il labbro spaccato come una melograna matura, e un occhio con girocollo viola.

«Non c'era bisogno che venivi».

«Sei stronzo, lo sai?»

«Te la sei fatta Alice? Sì o no?»

«Sì».

«Sei stronzo lo sai?».

Ridono. E il verde delle pareti sembra meno orribile.

«Come te lo sei fatto il trucco?».

Martino distoglie lo sguardo, lo fa danzare in giro, evasivo.

«Un tipo che aveva voglia di rompermi i coglioni».

«E tu che gli hai fatto?»

«Niente». Fine della storia. Martino blinda bocca e cuore.

«Veronica?»

«Voleva rimanere, ma è dovuta tornare dai suoi».

«È pazza di te».

«Seeee...».

«Ti dico di sì».

Silenzio.

«Che gli hai detto al tipo?»

«L'ho mandato affanculo».

«E lui che t'aveva fatto?»

«Niente».

Silenzio.

Un infermiere spinge una barella, sopra c'è un ragazzo investito, cerotti garze e bende come piovesse. Ha gli occhi aperti, respira. È incredibilmente vivo e pure molto rotto. Lo segue un corteo di quattro ragazze, tutte con magliette nere con scritto *figlie di madre zoccola*.

«Chissà chi gliele stira, a casa», sussurra Estefan.

Una delle quattro ragazze estrae dalla borsa una macchina fotografica.

«Rocco, che ti possiamo fare 'na foto? No, perché così sei troppo figo, fai troooppo vissuto».

Rocco non parla, probabilmente si è frantumato anche la mandibola. Chi tace acconsente. Neanche la pietà di togliere il flash.

«Io avrei paura a trovarmi con quattro donne così», ammette Martino.

«Da quanto aspetti?»

«Dalle quattro».

«Due ore da solo? Dio che palle».

«Vai dai tuoi».

«Nemmeno per sogno. Io resto qua, appiccicato al tuo culo, e poi ti porto a casa, ma prima ti scrivo due o tre concetti sul gesso. A proposito, perché hai picchiato la mano contro la macchina del buon Gianni? Che t'ha fatto quel povero piccolo innocente milionario?»

«Niente».

«Niente...».

«Niente».

Un niente ringhiato, senza miele nella voce, un niente che vuole dire silenzio, territorio minato, vietato l'accesso.

Estefan lo sa quando le domande fanno danno. Sa che ha sbagliato momento. Martino si è rotto una mano, e ora ha solo bisogno di un gesso.

«Ok, *sweet honey*. Vuoi un caffè?».

Annuisce muto.

Estefan si allontana, un'idea nella testa.

* * *

La tipa chiatta dietro il bancone gli porge i due caffè e gli incarta i bomboloni. Estefan butta un occhio all'edicola del bar, c'è il nuovo numero di «Playboy». In testa la stessa idea, magari dopo, sì, dopo. Senz'altro dopo, si dice.

Torna da Martino.

«Volevo regalarti una copia di "Playboy"».

«E perché non l'hai presa?»

«Non so ancora con che mano ti fai le seghe».

Un'infermiera con borse sotto agli occhi che sembrano sacchi da mare compare con in mano una cartellina rossa.

«Martino Brandiforti».

«Eccomi».

«Posso accompagnarlo?», chiede Estefan.

«Sei un parente?»

«No, un amico».

«Allora aspetta qui, per favore».

«Se la prossima volta le dico che sono un *serial killer* mi lascia entrare? Non sapevo che essere amico di qualcuno fosse un reato peggiore di essergli parente».

«Si sieda, per favore».

«Aspettami», gli dice Martino.

«Certo che ti aspetto».

Estefan si siede. Parenti. Che garanzia idiota. Anche Martino ha un pensiero simile mentre attraversa un corridoio che sa di gesso bagnato; l'immagine di zio

Tullio guizza e brucia. Basta stringersi appena la mano sinistra con la destra e sentire le schegge d'ossa pungere contro nervi e carne. E zio Tullio scompare.

Il dolore è anche una grande invenzione.

Estefan intanto pensa: lo faccio.

2

Le luci del giorno bussano alle palpebre, Greta apre. La piccola bocca impastata e carnosa, i pensieri confusi. Tutto ha troppo i colori del sogno. Un ragazzo, Perla, il secchio, le mani grandi che le lavano i piedi. È giorno ora, Greta è sveglia. Davanti a lei una giornata senza scuola, lunghissima, noiosa, una giornata di solitudine ingombrante. Nonno vorrà essere aiutato coi polli, con quell'arto strappato che chiama orto e con chissà quale altra cosa.

Ha voglia di leggere, di starsene sotto il lenzuolo e vivere la vita di un altro che fa mille e mille cose interessanti.

Poi sente uno sparo, un bisturi di piombo che taglia l'aria. Si alza dal letto e va alla finestra.

C'è nonno sotto. Cammina deciso verso l'orto. A terra un tordo. Centrato in pieno.

«L'hai ucciso?», chiede Greta.

Lo sguardo di nonno si solleva e la trova, un puntino di colore acceso alla finestra.

«Buongiorno! Certo che l'ho ucciso. E dopo ce lo mangiamo. Hai voglia di pulirlo?».

No. Non ha voglia di pulirlo. Ma lo pulirà. Prima le

penne. Poi trancerà via il collo e strapperà via le interiora. La prima volta aveva vomitato.

«Tutte le donne lo hanno sempre fatto e non capisco perché tu devi fare tanto la schizzinosa», le aveva detto il nonno quella volta.

Aveva imparato. Non aveva più vomitato.

Ora è in cucina. Ha deciso di farlo prima di colazione. È già a buon punto. Il tordo è rosa, completamente nudo dentro al lavandino. Puzza, ma non è un problema, perché Greta pensa che quella notte arriverà un ragazzo strambo che mastica il fieno come i cavalli, e sa fare un sacco di boccacce che non ha mai visto fare agli adulti.

Arriverà col buio. Sarà un segreto. Sarà come vivere la vita dentro i libri.

3

La porta del pronto soccorso ortopedico si apre. Martino esce ingessato fino al gomito, dita incluse tranne il pollice.

«Sembri un cotechino», gli dice Estefan.

«Bella domenica».

«Andiamo a messa?»

«Continua a fare lo stronzo, mi raccomando. Portami a casa, va'».

Si lasciano il verde malattia alle spalle e raggiungono la Due Cavalli.

«Aspetta».

Estefan apre la macchina ed entra. Ci ha pensato. Ci

ha pensato per bene. È folle. È rischioso. È necessario. Fruga nel cruscotto: cassette, tante. Trova quel che cerca, la mette in bocca al mangianastri rosa. Non accende. Non ancora.

«Che stai facendo?»

«Il bollo. Mi era venuto in mente che forse... è scaduto».

«Il bollo? Tu non guardi mai 'ste cose. Hai girato un anno senza assicurazione!».

«Già».

«È scaduto?»

«Sì».

Martino sorride.

«Dài, salta su».

Partono.

Ci ha pensato proprio bene.

«Raccontami di Alice». Martino interrompe il suo flusso di pensiero. Raccontargli di Alice, sì. Estefan racconta. Tutto. Dettagli osceni inclusi. Poi si arresta.

«Ma non la chiamerai», conclude Martino.

«Non credo», risponde secco, guardando la strada.

«Perché?»

«Perché è stato bello così. Perché rovinare tutto? No?».

Si volta a cercare nell'amico uno sguardo d'intesa. Non lo trova. Trova invece Martino in attesa, perché è chiaro a entrambi che la risposta di Estefan è una bugia. Ma l'attesa resta vuota e c'è silenzio, ancora.

È il momento.

Ci ha pensato proprio bene.
«Musica?», chiede Estefan.
«Musica».
Estefan spinge play.
...It's rock 'n' roll all over...
Forse non doveva.
...In every street and every station/ Kids fight like different nations...
Martino è di sale, ogni poro occluso, può solo scoppiare. In mille schegge grigio bianche.
«Che cazzo fai?». La sua voce è bassa, sfiata fuori da segrete che puzzano. Gli occhi sono spilli bui. Le labbra lastre di carne fredda. Il corpo è come morto. Freddo. Rigido. Contratto.
«Non faccio niente, ascolto i Clash».
Anche quel niente pronunciato da Estefan puzza. Di sarcasmo. Ha voluto ballare, Estefan. E ora balla.
«Spegni». Le mascelle serrate.
«Sergio e Fabio mi hanno detto di Gianni. *Tommy Gun*, giusto?».
Martino spegne.
Estefan accende.
«Spegni». Martino digrigna i denti, potrebbero saltare.
«No».
Martino spegne. Il controllo nei suoi movimenti fa paura. Troppo puliti, troppo meccanici. Troppo forzati. Ci sono quintali di energia non spesa. Micidiale.
Estefan accende.
...And it's knife against chain...

Questione di un attimo. La mano destra di Martino è un lampo, afferra il freno a mano e lo tira.

...But it's all young blood flowing down the drain...[12].

La Due Cavalli è una trottola, una scheggia di lamiera bianca, un giocattolo rotto.

Si fracassa nel fosso.

«Che cazzo hai fatto?», urla Estefan, sconvolto.

Vivi. Vivissimi. Martino picchia col gesso il cruscotto.

«Non dovevi, cazzo! Non dovevi!».

Il mangianastri non crepa. Martino ha una mano sola. Non vale la pena lavorare di fino. Picchia un colpo mortale col gesso che ammazza *Last Gang in Town*. Joe Strummer tace. Martino respira.

Un silenzio irreale. Una premorte.

La fronte di Estefan ha battuto contro il volante. È pesta, gonfia. Se la tocca con le dita. Non c'è sangue.

«Guarda cos'hai fatto».

«Non dovevi! Non dovevi!».

Martino ha urtato la spalla contro il vetro. È incrinato.

«Ce la fai a scendere?»

«Stronzo, sei uno stronzo!». La faccia di Martino è una maschera di cera, Estefan è la fiamma.

«Ok, non dovevo, scusa, ma hai visto cos'hai fatto? Cristo!».

«Non dovevi!».

«Scusa! Ma va avanti da troppo! C'erano i Clash anche ieri sera? Ti sei ridotto così per i Clash? Che cazzo

[12] *Il rock 'n' roll è ovunque / In ogni strada e in ogni stazione / ragazzi combattono come differenti nazioni* [...] *Ed è coltello contro catena / Ma è tutto sangue giovane che scorre nello scarico* (*Last Gang in Town*, dall'album *Give 'Em Enough Rope*, The Clash, 1978).

t'hanno fatto i Clash, si può sapere?». Estefan calcia i pedali della macchina, la voce rotta.

«E a te invece che t'hanno fatto eh?». Martino ringhia, le parole sono bisturi chirurgici, parla per far male, parla per colpire. «Che hai fatto tu, eh? Che la meni con le storielle di Cartoon Killer e Cani Neri, eh? Cosa ti hanno fatto che ti ha reso pazzo il cervello, eh? È successo qualcosa prima, vero? Qualcosa di cui ti vergogni, non è così? Avanti! Sai cosa penso? Che Cartoon Killer e Cani Neri non siano mai esistiti, Estefan, sono invenzioni della tua testa matta. Io scommetto che prima è successo qualcosa di grosso, di molto brutto, vero? Quindi è inutile che rompi il cazzo a me coi Clash. Non mi hanno fatto un cazzo i Clash! È stato mio zio, ok? È stato quel figlio di puttana di mio zio che mi ha inculato il giorno del mio compleanno, ok? E mentre mi sfondava il culo cantava e c'erano i Clash a tutto volume, ok?! Ok?! Ok?!».

Martino calcia e spinge una portiera offesa e ostile, che non si apre. Insiste, feroce. E alla fine è fuori. Pochi claudicanti passi e crolla, in ginocchio. Dalle segrete uno tsunami di lacrime salatissime. Bruciano. Martino crolla. E per la prima volta piange. Di dolore e di vergogna. Di rabbia e sfinimento.

Estefan è pallido, un cencio stinto. Il pulsare del cuore nelle orecchie. Scende dalla stessa parte di Martino. Lo raggiunge. Lo tocca per le spalle. Martino si scosta.

«Vai via!».

«Non posso».

«Vattene!». Strilla.

Estefan si siede al suo fianco. Una mano sulla spalla.

Martino colpisce. A mano nuda. Il residuo di buon senso gli fa usare la destra. Questo non impedisce al naso di Estefan di spezzarsi. Dal naso sangue, a bagnare quel buco di fosso dove non cresce che il secco. Martino guarda i fiori rossi dell'amico macchiare la terra, lo cerca con gli occhi, e i singhiozzi si strozzano.

«Non volevo», sussurra Martino

Estefan si toglie la maglietta e ci si tampona il naso.

«Volevi».

Il silenzio è surreale. Nella pancia di Estefan un grido, sale alla gola e s'incastra, non esce. C'è un unico modo per non morire strozzati, per espellere lo schifo fuori dal cervello. Per non lasciare che i segreti marciscano dentro.

«Io non so se l'ho fatto, ma ho paura di avere ucciso mio fratello».

È il suo turno. Il pianto gli squassa il petto, le lacrime rompono le dighe negli occhi. Le mani sulle spalle sono due, ora. E sono mani diverse su spalle diverse. È un calore sincero che scioglie i ghiacciai: un abbraccio di cuccioli randagi e rotti dentro a un buco di fosso secco.

Estefan racconta. Racconta tutto. Racconta ogni cosa, ogni dettaglio; di Sebastiano, di Mamma, del respiro articolato, racconta il Gioco del Se. E che Martino aveva ragione, ragione, ragione: nessun buco nello scivolo, nessuno.

Non lo sanno da quanto tempo sono lì, fra moscerini e zanzare, con una Due Cavalli ammaccata che a tirarla fuori ci vorrà un miracolo.

Sono lì e non monologano più. Parlano. E le parole sono ramponi con cui risalire abissi nerissimi. Non gliel'ha insegnato nessuno. È tutto merito loro.

Martino si ferma, pensa e sta zitto, poi pensa ancora. C'è un'unica cosa che vorrebbe dirgli, l'unica cosa certa e sincera che continua a girargli nella testa e nel cuore, e allora la dice: «Qualsiasi cosa sia successa io ti voglio bene».

E quelle parole, quell'assoluzione totale, straziano il cuore di Estefan che lotta, perché vorrebbe sottrarsi a quell'affetto, e ne ha allo stesso tempo una sete micidiale. Per la prima volta non fugge. Si butta fra le braccia dell'amico e piange, e tra i singhiozzi quel che riesce a dire è cristallino: «Anch'io, Martino, tanto. E tuo zio è uno stronzo».

Non sanno com'è che è successo. Ma si sono addormentati.

Hanno lavorato duro. Di ago e di filo.

Ora riposano. Coi polsi ricuciti.

* * *

«Ehi voi! Tutto bene?».

Aprono gli occhi, la luce di mezzogiorno abbacina e veste di senso le cose.

Martino ed Estefan realizzano d'essere in un fosso. Ma soprattutto, ricordano.

A chiamarli sono due volontari del 118. Qualcuno deve avere visto l'auto accartocciata nel fosso, e i loro corpi abbracciati sporchi di sangue e di terra. E ha chiamato soccorso.

I ragazzi si alzano in piedi. Il naso di Estefan è gonfio, incrostato, non butta più sangue. Salgono sull'ambulanza. Un carro attrezzi aggancia la Due Cavalli e la riesuma dal fosso, un pesce di lamiera bianca agganciato all'amo.

È una domenica insolita.

Il sole è alto. Non cancella le cose.

4

È sera. La Due Cavalli ha il muso rotto come Estefan, ma proprio come lui, cammina. Estefan per la prima volta guida in silenzio. Niente musica. Non ce n'è più bisogno. Ha partorito un grumo di passato che gli si stava incancrenendo dentro.

Parcheggia. Salutare Martino è stato difficile. Lo vedrà domani, certo, ma accompagnarlo a casa e separarsi da lui è stato difficile.

Sale le scale. Infila la chiave nella toppa. E la porta si spalanca.

Mamma. Mamma con gli occhi tempesta. Mamma che fa paura, fa tornare indietro dove fa male. Mamma che ha spalancato la porta, Mamma che chissà da quanto lo aspettava. È un turbine di parole laviche. Insultano con voce sgradevole. Fanno passare la voglia di avere l'udito. Poi lo vede, vede il figlio col naso fasciato, rotto: finalmente il *dolby surround* di Mamma si spegne. Almeno per poco. Papà è dietro, piccolo, deluso.

«Che ti è successo?», chiede Mamma perentoria.

«Un incidente».

«Eri ubriaco?»

«No».

«Ti sei rotto qualcosa?»

«Quello che vedi. Il naso».

«Hai fatto male a qualcuno?»

«No».

«Ci hanno chiamato i genitori di Alice. Chi è? Era con te?»

«No. Ero con Martino. Stiamo bene».

«I genitori di Alice hanno detto che era con te e ho parlato anche con Martino, quindi non prenderci in giro».

«Ero con Alice, prima. Poi ho raggiunto Martino e abbiamo avuto un incidente. Stiamo bene. Tutti».

«Ti rendi conto?! Ma lo sai che figura ci hai fatto fare?»

«È di questo che vi preoccupate? Della figura?».

La mano a palmo aperto fa male. Fa male la fede incarnita nel dito. Fa male pure a Mamma, perché il figlio più stronzo non piange, non sanguina, non grida, e allora si accanisce, Mamma. Piovono schiaffi, insulti, minacce.

«Tu non sei un figlio, sei un cane! Hai capito?! Un cane! Sei peggio di un cane, i cani obbediscono, tu sei un cane randagio, un cane! Non ti riconosco più!».

«Sebastiano», sussurra Estefan.

E Mamma si ferma, mentre dentro si frantuma. Estefan ha sussurrato un nome, una parola, un ricordo capace di strappare via il sipario dalla scena e frantumare la commedia che li strozza e li imbruttisce tutti. Guarda negli occhi Mamma, la guarda dritto dentro gli occhi tempesta.

«Sebastiano», ripete.

«Cosa dici?», sibila Mamma.

«Estefan», dice suo padre. Questa volta con voce grave.

Ma Estefan ha cominciato. E non può finire ora. Non può. Deve procedere.

«Da quando è morto non esisto più. Non mi amate più. Io non ho colpa se mio fratello è morto. E se ce l'ho, non so come, ma non ho potuto farci niente».

Estefan piange.

Mamma è una marionetta spezzata.

L'ha detto. Si è assolto, non del tutto, non è stato in grado, qualche colpa se l'è addossata comunque, perché non si sa mai. Perché è difficile scrollarsi di dosso una zavorra che gli tiene compagnia da secoli.

Le lacrime appannano il reale. Estefan non vede Mamma isterica sparire in camera con papà piccolo al suo seguito.

Si ritrova solo. Per la prima volta con un vuoto che spaventa. E nessun Gioco del Se a colmarlo. La tentazione di rievocarlo, fosse anche con un buco nello scivolo, è immensa. Ora Estefan lo sa: è stato un bambino infinitamente solo. Abbandonato, proprio come un cane. Ha ragione Mamma. Non è stato un figlio. È stato un cane.

La mente ricorda. Eccome.

Cane lui.

Cani tutti.

Cani Neri.

8
CANI NERI
(Autunno 1993)

1

È tutto il giorno che Estefan ci pensa.

Quando guarda le scritte le vuole toccare. È dai tempi di *Cartoon Killer* che non lo fa più. Da allora ha trovato il modo di contrastare l'impulso: tira fuori il quaderno che si porta sempre appresso e appunta frasi, tenendosi così lontano dai guai e dai buchi negli scivoli.

A scuola fanno un corso di scrittura creativa. Pensa che sarebbe bello provare a giocare con le parole, domarle. Mentre pensa si accorge di sfregarsi la faccia con le mani. È ruvida. Su quella faccia d'angelo spuntano aghi di barba fulva, e la mano, strisciando, gode. Ho la barba, pensa. E l'uccello grosso. È da parecchi giorni che se lo guarda e se lo gira allo specchio. Notevole, ha pensato. Estefan ha quasi quattordici anni, ed è un adolescente in piena regola e ormoni. Un ormonauta. Un bimbo con le pulsioni sessuali di un mandingo. Una cosa tenera che a volte puzza e farebbe sempre sesso e si ingozzerebbe di Nutella vita natural durante.

Il corso di scrittura creativa costa poco, ma costa. Lo

fanno a scuola. Sarebbe facile. Basterebbe il consenso dei genitori.

A cena, pensa Estefan. A cena è un buon momento.

* * *

Mamma ha comprato la pizza. Il telegiornale parla per tutti.

«Mamma».

«Non parlare con la bocca piena».

«Scusa».

«Non mi devi chiedere scusa, devi solo smettere di parlare con la bocca piena».

Estefan ingoia il boccone. «Volevo chiederti una cosa».

«Dimmi».

«A scuola fanno un corso di scrittura creativa».

Mamma seziona la pizza nel piatto. Gli occhi fissi su forchetta e coltello. Estefan continua.

«Vorrei farlo, è due pomeriggi a settimana per due mesi. Costa cinquantamila lire».

«Quanto hai in italiano?»

«Be'... mi aiuterebbe ad alzare la media».

«Tua madre ti ha chiesto quanto hai in italiano».

Papà è affetto da attenzione intermittente. Si connette al piano reale sempre nel momento sbagliato, schierandosi dalla parte sbagliata. E non sa mai di cosa si sta parlando.

«Ho quasi sufficiente».

«Allora prima raggiungi la sufficienza e poi ti iscrivi al corso».

«Ma il corso inizia la settimana prossima!».

«Sarà per l'anno prossimo, se te lo sarai meritato».

«Ma...».

«Niente ma, il discorso è chiuso».

Estefan si morde le labbra, vorrebbe tirare la tovaglia con tutto quello che c'è sopra.

«È rimasto un pezzo, chi lo finisce?», chiede Mamma.

«Estefan, lo vuoi?», chiede papà.

«No».

«Allora lo finisco io». Suo padre inforca la pizza rimasta e se la porta nel piatto.

Niente più nutrimento ai cuccioli. Niente più cibo smezzato. I cuccioli sono grandi, ora. E se non lo sono, sarà bene che lo diventino in fretta. Non si può essere bambini se non te lo concedono.

2

Greta è una bambina selvatica. Orfana. Con nonni contadini. Greta è bella come le cose non addomesticate. Nonna è vecchia: non riesce a starle dietro.

«Fermati!».

Col cavolo. Greta corre. La corsa è una conquista di libertà. Una risorsa preziosa come il pane. Greta corre e sconvolge le galline. Piume ovunque. E lei in mezzo che ride. Il pannolone è un pezzo che non lo usa. Altra fondamentale conquista di libertà. Non sa di essere orfana perché non è stata ancora a scuola. Nessun bambino rompi cazzo le ha chiesto dov'è la mamma, perché non c'è la mamma, cosa fa la tua mamma, e il papà, non hai un papà?!

Niente stress emotivo sganciato gratis sulle spalle. Relax. Campagna. Animali. Insozzarsi fino al midollo di merda, terra, erba e odori. Zero contatti col genere umano. Tolstoj e Rousseau ne sarebbero andati fieri. Peccato siano un po' sorpassati. A ogni modo, Greta corre e non ha paura di niente. Non lo sai a cinque anni che il corpo fisico è sottoposto a leggi. Le leggi le scopri seminando sangue di qua e di là. Greta corre e s'infila nella stalla, prende una cassa di frutta, la mette davanti a Perla, ci sale sopra e si aggrappa alla criniera. Perla protesta, si scuote e si allontana. Greta, sbilanciata dal proprio centro, cade come una pera con la faccia sulla merda.

Si alza, muta. Poi guarda nonna.

«Greta! No! Madona bela! U t se' fat mel?».

Greta strilla.

Nonna la prende fra le braccia e se la stringe fra le tette. Si stringe fra le tette quella figlia di una figlia incomprensibile e morta da tossica. Si stringe fra le tette quel mistero e prega, prega perché non sa come tirarla su quella figlia, non lo sa. Non ha saputo tirare su quell'altra e c'erano meno anni e molte più forze. I tempi sono diversi, oggi. E quelli che hanno gli anni di Greta i vecchi li spediscono nella tomba. Si stringe quella figlia fra le tette e la porta al fresco della casa. La lava e la cambia.

«Non voglio essere lavata, voglio montare sopra a Perla!».

«Sei piccola, quando sarai più grande».
«No! No! No!».
Non sa proprio come tirarla su, si dice. Poi però Greta la lascia fare. Le mani di nonna sono carezze. Conosce solo quelle, sono preziose.
«Vag un po' in te let, fa la breva, amracmand».
Nonna si va a stendere, si va sempre a stendere.
Greta torna nei campi, a infradiciarsi di nuovo.
Nessuna SPAR ancora, nessun carrozziere, meno macchine. Tanta terra, tanta erba, tanti insetti e tanti anfratti. Le cose più spiacevoli sono state l'essere punta dalle api, dai piccoli scorpioni di campagna e avere subìto un colpo di coda da una biscia nervosa. E Greta ha scoperto di essere sopravvissuta senza danni. Quindi corre e nonno zappa.
Corre e nonno semina.
Cammina e nonno innaffia.
Si ferma e nonno sistema gli attrezzi nel garage agricolo.
È quasi ora di cena e Greta non si diverte più.
Ha sudato il sudabile, sporcato lo sporcabile e perlustrato il perlustrabile. Per la prima volta vorrebbe sentire la voce di nonna chiamarla all'ordine, che è anche il quotidiano, rassicurante e testato antidoto al Caos. Invece silenzio. Così inizia a intralciare i lavori del nonno.
«Cos'è questo?»
«Un falcetto, Greta».
«E questo?»
«Una sega».

«E questo?»
«Dov'è la nonna?»
«Dorme».
«Valla a svegliare, dille che inizio ad avere fame».
Bella idea, pensa Greta. Sale le scale, scricchiolano. Spinge la porta ed entra nella stanza di nonna. È buffa stesa, grossa e grassa, fa simpatia.
«Nonna».
Silenzio.
«Nonna!».
Silenzio. E quel senso di paura animale che è guida e istinto inizia a fare capolino da chissà dove.
«Nonna...». La scuote.
Nonna non si muove.
Greta se ne sta un po' lì, a camminare per la stanza e a fare molto rumore. Sposta sedie, soprammobili, fa cadere cose. Niente. Nonna non si sveglia. Greta scende da nonno. Ha bisogno che sia lui a dirle perché nonna non si sveglia.
E così sarà.

3

Solo nella sua stanza, sotto la trapunta azzurra di cotone, Estefan ha freddo. È tempo di piumone, ormai. Mamma non c'ha pensato. Pensa che potrebbe alzarsi, percorrere il corridoio e bussare alla porta chiusa di Mamma e papà. Potrebbe dire loro che ha freddo. Allora Mamma si alzerebbe e gli prenderebbe il piumone rosso, come è sempre stato per tutti gli inverni.

Com'è stato almeno negli ultimi quattro inverni in cui puntualmente Estefan ha dovuto ricordarglielo.

Ma un piumone elargito sotto richiesta non scalda come un piumone dato per amore.

Chissenefrega, pensa Estefan. Ha freddo. Allora si alza, accende la luce e percorre il corridoio. L'orecchio alla porta chiusa dei suoi. Nessun rumore. Bussa una volta. Nulla. Bussa ancora. Un mugugno. Bussa la terza.

«Che c'è?». È la voce rauca di Mamma.

«Mamma, posso entrare?»

«Che vuoi?».

La mano di Estefan abbassa piano la maniglia. Entra di un passo. La luce del corridoio lecca pavimento e letto fino al muro, lecca l'immagine di papà annientato dal sonno, indifferente, inerme, come morto.

«Ho freddo, dov'è il piumone?»

«Ma proprio adesso ti viene in mente che hai freddo?»

«Scusa».

Mamma si alza in un frusciare di coperte. Estefan osserva la sua sagoma buia trascinarsi fino al grande armadio a muro, strappare alla sua bocca buia il piumone. Buio pure lui.

«Andiamo», gli dice Mamma.

Percorrono assieme il corridoio. Silenzio. Mamma toglie la trapunta e la sostituisce con il piumone.

«Fatto».

«Grazie».

«Buonanotte».

Mamma lo bacia sulla fronte. Bacio inaspettato. Veloce. Senza abbraccio, ma bacio. Bacio di Mamma.

«La prossima volta ricordamelo prima, non nel cuore della notte».

Ecco. Il bacio è stato ridimensionato. Mamma si chiude la porta alle spalle, Estefan resta solo, di nuovo. Il piumone rosso è una pezza sul cuore. Ai lati e sotto, ovunque, spifferi. Che con l'inverno che preme c'entrano poco.

Chiude gli occhi. Mamma l'ha baciato. L'ha baciato e l'ha sgridato. Chiude gli occhi e non riesce a dormire. Odia la sua stanza. Perché non è solo sua, o almeno non lo è stata. La odia e si sente odiato. Chiude gli occhi e il sonno non arriva, non grazia, non falcia. La mano scivola, lungo il pigiama e dentro i pantaloni. Trova. Quell'appiglio duro che lo può catapultare fuori dall'infanzia. La mano s'insinua dentro alle mutande di cotone blu. Stringe. Scivola. Scivola e stringe. Dà sollievo. Ma non basta. Mentre la mano scivola la mente si allarga e ingoia. Ingoia immagini e mondi, deliri e ossessioni che il buio dilata. Ci sono femmine nell'immagine, sono nude, calde, ci sono prati, e non si sa come, ma ci sono pure scivoli e buchi non carnali, buchi che puzzano di voragini indiavolate e c'è Mamma che bacia e che sgrida, Mamma che non ama e non lo dice, che dice che ama e non lo dimostra. C'è Sebastiano. La mano di Estefan scivola e stringe, perché vorrebbe scacciare quel fratello che lo precipita in una confusione livida, in un'insensatezza furiosa. Ma Sebastiano soffoca e rantola; la mano insiste, lotta. E quando il sesso esplode e un fiume di latte denso imbratta il blu, Estefan vede la faccia di Sebastiano affogata nello sperma. L'ha soffocato. Mentre godeva. Non voleva, ma è successo. Delira, e non lo sa. Il pene ora è tornato piccolo, molle, accucciato sotto un piumone rosso. Estefan non sa di essere un cucciolo. Di pensare da cucciolo, di avere un cervello cucciolo impazzito che gira a mille per imitare i grandi. Come mettersi in gara al Palio di Siena su un cavallino a dondolo. E sperare persino di arrivare primi, invece di cercare semplicemente di salvarsi la pelle.

Estefan si alza. Ha voglia di pisciare, di lavare via quel latte denso che sente sporco, che sente marchio d'infamia sulla carne.

Si alza, esce in corridoio e si infila in bagno. Piscia e si lava. Ritorna in corridoio. Si ferma. Sente il cuore pulsare in gola e non nel petto. Si dice: respira, respira e crolla dentro il letto. E invece il cuore ha preso l'ascensore e vorrebbe detonare: un attacco d'ansia.

Di chiamare Mamma questa volta non se ne parla. Se non l'avesse baciato sarebbe stato più facile, ma l'ha baciato. E quel bacio pesa quintali di spilli verticali. Non se lo merita quel bacio. E la mente ritorna a Sebastiano. Uno che ammazza il figlio a Mamma non merita di vivere, figuriamoci un bacio.

Estefan oltrepassa la porta dei suoi in punta di piedi.

Ora è in cucina. Le luci sono spente, i fantasmi urlano meglio. Si siede e aspetta che succeda qualcosa, qualsiasi cosa che lo strappi all'ossessione. Sempre uguale, pensa. Come da quando ha nove anni.

L'ossessione scompare, poi ritorna. Ritorna e scompare. Basta un bacio a richiamarla. Un atto d'amore persino sbiadito che rievochi potente un senso di colpa tumorale.

La casa pesa e puzza. Sebastiano trasuda dalle pareti. Il suo rantolo è lo strepitare del silenzio.

Estefan schiaccia il naso contro la finestra, le mani appiccicate ai vetri. Si è dimenticato che Mamma non vuole aloni sui vetri puliti, si dimentica persino di essere solo. Il cuore trapana la gola e il vapore si allarga sul vetro secondo il principio perfetto che governa l'ossessione: di più, sempre di più, fino a coprire il reale che pulsa oltre il vetro.

C'è qualcosa oltre il vetro.

Una sagoma come di cane. Di belva.

La mano di Estefan cancella il vapore.

È un cane, sì. Un cane bianco e marrone accucciato sul marciapiede, lo fissa. O almeno così gli pare. Una macchina sfreccia e scompare. Poi subito un'altra.

Le macchine possono ucciderlo, pensa Estefan.

Dall'altra parte della strada, oltre il marciapiede, il parco Marecchia; lo stesso parco che percorso per chilometri e chilometri, oltre lo scivolo col buco e i bambini urlanti, conduce al *wild* selvatico.

Il cane viene da lì, pensa Estefan. E lì deve tornare.

Apre piano la finestra.

«Psss...», lo chiama. Il cane lo fissa.

«Vieni qui».

Il cane si alza, occhi fondi e neri, acquosi. È diffidente, non dà retta a Estefan e cammina verso la strada.

Un Fiorino avanza veloce, suona, spara gli abbaglianti e frena.
Estefan chiude gli occhi.
«Fanculo!», urla l'autista, un tipo strambo col cappellino a visiera.
Estefan apre gli occhi. Il cane è vivo, ritorna verso il marciapiede con la coda fra le gambe. Il Fiorino riparte.
Estefan corre al frigo, lo apre, c'è un cartoccio. Il prosciutto crudo profuma. Ne prende quattro fette, una se la mette in bocca e le altre tre le sta già sventolando fuori dalla finestra.
Il cane questa volta si avvicina, scodinzola appena, a coda bassa. Abbaia. Li separa un piano. Una rampa di scale che a farla è un volo.
«Aspetta», gli dice.
Estefan apre la scarpiera nell'ingresso, s'infila le sue All Star rosse, agguanta la sua giacca jeans all'attaccapanni ed esce.
Il cane lo ha aspettato: ha fame. Il ragazzo gli porge una fetta di prosciutto, il cane la divora. Estefan prova ad accarezzargli la testa: lo lascia fare. Ha il pelo meno lucido di quello che gli era sembrato. È ispido, sporco. È un randagio cane bastardo. È simpatico. Gli lecca le mani.
Le macchine, poche, sfrecciano a velocità spaziale.
Il cane vuole le altre fette, Estefan alza la mano col cibo più in alto che può. Il cane salta.
«No bello, queste te le do dall'altra parte della strada».

Il cane salta e scivola giù dal marciapiede; una FIAT Panda sfreccia ad abbaglianti e clacson sparati.

«Ok, ok. Tieni, però fai il bravo, vieni qui».

Estefan gli porge una fetta di prosciutto, il cane torna subito sul marciapiede. Mastica e sbrodola sul cemento. Un'altra macchina, poi la strada è deserta. Estefan attraversa.

«Dài bello, dài!».

Ma il cane è ancora lì, a leccare a terra gli umori rimasti.

«Vieni, dài!». Estefan gli mostra il prosciutto.

Il cane annusa il cemento come se, oltre alle cicche e al puzzo di piscio, possa esserci ancora qualcosa di interessante.

«Muoviti!».

Il cane si arrende all'evidenza: ha di nuovo bisogno del ragazzo. Scodinzola, le zampe sulla strada, sul marciapiede, ancora sulla strada.

Una macchina.

«Muoviti! Muoviti stupido cane! Deciditi!». Estefan vede i fari farsi più vicini. Il clacson suona. E il cane attraversa.

«Dài!».

Ed è già dall'altra parte della strada.

Estefan tira il fiato e gli porge il prosciutto.

Il parco è buio. In giro non c'è nessuno, solo lui e il cane.

È freddo, pensa Estefan. È meglio se torno.

Il cane gli sta sbavando una mano per bene: ha un alito mortale.

Con la mano pulita si fruga nella giacca jeans. C'è un fazzoletto usato, sempre meglio di niente. Ci si asciuga la mano lercia e con lo sguardo cerca un cassonetto. Lo vede a una decina di metri più avanti. S'incammina e il cane lo segue.

Sul lato frontale del cassonetto gli occhi di Estefan registrano una scritta:

Cani Neri.

È fatta con lo spray. Nero.

Estefan vuole soltanto buttare via il fazzoletto, apre il cassonetto, tende il braccio: la mano non molla la presa.

Cani Neri.

La mano vuole toccare la scritta.

Assurdo, pensa Estefan. Nella mente *Cartoon Killer*, l'immagine del buco nello scivolo si accende, ritorna all'improvviso. E sente quel qualcosa fottuto premergli tra la retina e il cervello.

Mollalo, dice Estefan alla mano. Ma la mano non molla il fazzoletto, è rigida.

Il cane, pensa Estefan, il cane non è nero.

È buio ed è solo. E prova ancora Angoscia con la A maiuscola. Maiuscola come Mamma che urla dall'abisso.

La mano vuole toccare.

Tocco col fazzoletto, pensa Estefan, come se il fazzoletto potesse fungere da barriera fra fantasia e realtà, follia ed equilibrio mentale, mano e universo batterico a piede libero sulla superficie incrostata del cassonetto.

La mano scende rigida. Sfiora.

Cani Neri.

E qualcosa scatta dentro, nella testa. Estefan apre gli occhi, o almeno così gli pare. Forse non li ha mai chiusi, ma è come se li avessi aperti ora, in questo istante.

Tutto gli sembra uguale a prima. Non fosse per l'Angoscia, perché Estefan sente puzza di *maelström*, di qualcosa che acquattato nell'ombra punta dritto alla carotide. Deve girarsi, Estefan. È questo che deve fare: girarsi e verificare che il mondo sia ancora lì, proprio come lo aveva lasciato. Girarsi e trovare un cane bastardo bianco e marrone, e sullo sfondo le finestre della sua cucina con le luci accese. Le luci sono come un faro, pensa Estefan, il faro di un porto a cui tornare. Un porto odiato, certo, un porto che puzza. Ma pur sempre un porto.

Estefan si gira.

E il cane è nero.

Il cassonetto si chiude in uno slam, alita lurido. Il fazzoletto cade a terra. Estefan indietreggia. Il cane nero avanza. Non ha un muso amichevole, non sono amichevoli i denti marci. Il rosso violento delle gengive contrasta con la schiuma color bile della bava. Il cane nero ringhia.

«Buono bello, buono».

Il cane nero non è bello e non è buono. È un brutto cane bastardo, sporco e cattivo. Ha fame.

Se corro mi morde, pensa Estefan. E pensa bene.

Indietreggia, si volta, inscena noncuranza. Il cane lo spinge verso il parco. Estefan non ci vuole andare verso il parco. Vuole tornare al suo porto, anche se puzza. E ci tornerebbe, non fosse per il cucciolo color miele che compare all'improvviso, sullo stesso lato della strada. È indifeso, trema, uggiola, vorrebbe attraversare, ma le macchine sono tante, troppe, sfrecciano.

Lo falceranno.

Devo salvarlo, pensa Estefan.

Deve salvarlo.

Luci. Stroboscopiche e accecanti. Luci di semafori lisergici impazziti, spuntati lì come funghi urbani da chissà dove, semafori che non regolano, non rassicurano, ma confondono e trasfigurano la via di casa.

Non c'è più casa.

C'è solo sperdimento, e un parco sterminato nero come i cani. Perché ce ne sono tanti ora. Troppi. E tutti orrendi. Si moltiplicano. Si decuplicano. Sbucano dagli alberi, dagli anfratti bui, e hanno gli stessi occhi tempesta di Mamma che urla folle dall'abisso. La notte è un ringhio prolungato, un respiro articolato di fratello rotto che soverchia e non dà scampo.

Sono vestiti i cani neri, e non dovrebbero esserlo, eppure lo sono e camminano su due zampe. Fumano i cani neri. E parlano, guidano, aspettano ai semafori che arrivi un viola cupo per potere attraversare strisce di intestini pedonali, frattaglie di cuccioli umani. Non ci sono bambini. Ci sono frattaglie.

Si appoggiano ai bastoni da passeggio, i cani neri, e a ben guardarli sono tibie, femori, ossa di bambino lavorate ad arte. I cani neri sorseggiano vino, non hanno bicchieri fra le zampe, ma piccole scatole craniche colme di un nettare viscoso che Estefan sospetta non essere vino. Leccano i calici, i cani neri. Si leccano i musi. E si voltano. Lo hanno visto, individuato.

Estefan dovrebbe scappare, ma c'è il cucciolo che guaisce proprio in mezzo alla strada, con la coda fra le zampe e le orecchie basse, e il suo guaire ininterrotto di cucciolo perduto.

Deve sbarrare la strada ai cani neri. Deve salvare il cucciolo. E allora corre, e i cani gli sono addosso. Sbranano, dilaniano, infettano. E sente una fitta lancinante al polso, stretto in una nera prigione di denti affilati.

Prima che il dolore faccia calare il sipario sull'orrore e gli rapisca la coscienza, Estefan vede un furgone abbagliarlo e suonare, vede il cucciolo paralizzato dal terrore, in mezzo alla strada.

Lo vede morire. Travolto, schiacciato, smembrato.

Estefan grida.

E sviene.

* * *

«Estefan, Estefan Volterra».

Il timbro è di un maschio sconosciuto.

«Estefan, mi senti?».

Spilli nella testa. Spilli dentro il polso. Sono i cani neri che gli pasteggiano dentro.

«Estefan devi svegliarti».

Ma il timbro è sconosciuto ed Estefan non si sveglia.
«Cani», sussurra, «cani neri».
Potrebbero essere i cani neri che abitano il buio a chiamarlo. Estefan delira.
«Provateci voi, avanti».
«Estefan».
Mamma. Timbro di Mamma.
Estefan apre gli occhi. La luce è un colpo di rasoio.
«Estefan, svegliati. Sei all'ospedale. Non ti sei fatto nulla di grave».
«Cani Neri!», urla. E schizza a sedere su un letto d'ospedale.
Sperdimento, ancora. Come quando c'erano i cani neri e il parco e i semafori che non dovevano esserci ma c'erano; come il buco nello scivolo. È in un ospedale ora, la mente ha cercato il file, lo schema giusto, lo ha trovato. Camici bianchi, lettini anemici, dottori, barelle, flebo: è in un ospedale reale. Respira.
«Quali cani neri, Estefan?», chiede Mamma.
«Quelli che mi hanno assalito», risponde.
«Ti ha morso un cane, Estefan. Non so se fosse nero», risponde il timbro di maschio sconosciuto che appartiene a un dottore.
«Erano tanti!», ribatte il bambino.
«Se fossero stati tanti non saresti qui a raccontarcelo», sorride placido.
«Cosa ci facevi in strada?», chiede Mamma con voce gelida.
Cosa ci faceva in strada? Non ricorda. Non ricorda più nulla. Nella mente solo cani, tanti, troppi, neri.

«C'erano tanti cani, Mamma. Tanti. Io volevo salvare il cucciolo, non ce l'ho fatta, ma lo volevo tanto, davvero».

«Che cosa stai dicendo?», dice Mamma, seria

Estefan la guarda. Distanti, così distanti che non si vedono. Potrebbero telefonarsi, forse. Ma è un pensiero assurdo.

«Sei scappato in piena notte e ti sei fatto mordere da un cane randagio, ti hanno dovuto cucire il polso, venti punti! Io non lo so cos'è che t'ha preso. Ma cos'hai nella testa? Per fortuna te la cavi con venti punti. Se non era per l'autista che ha frenato in tempo e ti ha portato qui, chissà dov'eri», conclude Mamma. Occhi freddi che piangono lacrime fredde.

L'autista, il furgone, il polso... Estefan ricorda. Molto bene. L'autista ha ucciso il cucciolo. Estefan doveva impedirlo. Non è stato bravo abbastanza. Ma è inutile spiegare, parlare, ribattere. Mamma non gli crede. Estefan si gira nel letto, chiude gli occhi, si addormenta.

Il *fade out* è nero.

9
MALABIMBA
(Primavera 1999)

1

La zuppa di lenticchie fuma nei piatti. Un menu che con l'estate che preme c'entra ben poco.

«Hai sistemato la cartella?»

«Sì, nonno».

Il telefono squilla. Nonno si pulisce gli angoli rugosi della bocca col tovagliolo di stoffa e raggiunge la cornetta.

«Pronto».

Greta appoggia il cucchiaio, solleva il piatto fondo con entrambe le mani, lo porta alla bocca e beve.

«Greta!».

Nonno ha gli occhi pure fra i capelli.

«Uffa», bofonchia e riprende il cucchiaio.

«Vincenzo, ciao. Ce l'avevo con mia nipote. Dimmi».

Greta si porta alla bocca un cucchiaio dopo l'altro a velocità spaziale.

«Sì, per me va bene, vieni domani. Mi trovi alle otto, porto Greta a scuola, ma torno subito. Poi le galline le scegli tu, come d'accordo. Ah, Vincenzo...». Nonno sorride. «Una volta per parlarmi venivi a bussarmi alla porta, lo sai? Quattrocento metri li facevamo di corsa, una volta». Vincenzo risponde per le rime a nonno e lo fa ridere. Greta non è abituata a vedere ridere il nonno, lo osserva come si osserva un fenomeno raro, mentre pulisce il piatto con la punta del dito.

«Sì, lo so, siamo diventati vecchi. A domani allora, buonanotte. E salutami tua moglie».

Nonno chiude. Quando si gira sua nipote è seduta composta, il cucchiaio in mano. E una macchia di sugo di lenticchie che le dipinge la bocca fino alla guancia.

Nonno sorride.

«Hai finito, vedo».

Greta annuisce.

«Vai a dormire. Finisco io qui».

«Ti aiuto», risponde Greta.

«Non ce n'è bisogno. Vai a riposare».

Greta si alza. Un passo verso nonno. Un passo verso le scale.

Un passo verso la porta.

«Be'?», chiede nonno.

«Niente, chiudo la porta».

«Va bene, brava».

Nonno abbassa il viso sul piatto. Le labbra risucchiano la zuppa dal cucchiaio in un sonoro orrendo.

Greta gira la chiave nella toppa. Fa che lo scatto si senta. Poi, in silenzio, la ruota ancora in senso inverso.

«Adesso fila a letto», le dice nonno baciandola sulla fronte.

Greta se ne vola via. Ai piedi delle scale si sfila gli stivaletti rossi e a mano se li porta nella stanza.

Al piano di sotto nonno sparecchia.

Lava i piatti.
Li asciuga.
Chiude le finestre.
«Le luci», sussurra.
Le luci esterne sono accese.
Nonno ruota la chiave nella toppa. Non serve, è aperta.
«Greta...». Scuote la testa.
Esce e spegne le luci.
Rincasa.
Chiude la porta.

2

La casa è muta e fredda, troppo per essere quasi una notte d'estate. Estefan ha appena distrutto Mamma. Le ha spaccato il cuore pronunciando il nome di suo fratello, e da qualche parte dentro se stesso spera che Mamma funzioni un po' come una matrioska: spaccata la scorza dentro deve essercene per forza un'altra, una mamma normale senza tempeste negli occhi. O forse, spaccata Mamma, dentro non c'è che cenere, un frutto secco e rotto da cui escono legioni di minuscoli insetti neri. Cose morte. O vive da fare ribrezzo.

Inutile attendere. I suoi si sono chiusi nella loro stanza, prima o poi usciranno. Non finché io sono qui, pensa Estefan. I fantasmi non basta ucciderli una volta, e oggi non ha più energie per affrontarli di nuovo.

Quella casa lo rende vulnerabile. Lo rende colpevole. E prova la tentazione irresistibile di addossarsi il peso di quell'immane disastro, di quello sgoverno infernale. Deve resistere, al Gioco del Se non deve più giocare.

La bambina, pensa Estefan.

Se l'era dimenticata.

Com'è che si chiama la bambina?, si chiede.

Greta.

Sì. Si chiama Greta.

Si può fare, pensa Estefan.

In fondo si erano scambiati una specie di promessa, ed è già calato il sole.

Basta uscire dalla casa e andare via. Avere il coraggio di sgravarsi Sebastiano dalle spalle. Ha pronunciato il suo nome, se l'è srotolato via dagli intestini e ha staffilato quelli di Mamma e di suo padre.

Non è più compito suo ora.

Non lo è mai stato e non lo sapeva.

Non deve più esserlo.

Appoggia il cellulare sul tavolo.

Non vuole essere cercato.

La bambina, pensa.

Ed esce di casa.

PARTE TERZA

IL CIELO HA BUCHI (UN BUCO HA IL TUO NOME)

Io ripeto i miei tempi più lontani:
l'infanzia sdentata, la petulante
adolescenza, la sconcia pubertà,
le prime prove d'uomo:
i cataloghi miti delle cose,
l'incertezza di sempre.
Tu risvegli il ragazzo
che si perde all'ora della cena,
e percorre le sue strade a caso;
si difende dagli occhi della notte
se ripensa il viso della madre.

GIORGIO MANGANELLI, *Poesie*

Ho sempre cercato i paesaggi anteriori a Dio.
Da qui il mio debole per il Caos.

EMIL CIORAN, *L'inconveniente di essere nati*

I, I will be king
And you, you will be queen
Though nothing will drive them away
We can beat them, just for one day
We can be Heroes, just for one day.

DAVID BOWIE, *Heroes*

10
BANG BANG!
(Primavera 1999)

1

Muoversi nella notte è stato come scivolare, sciabordare via da un utero denso di versi e di odori. A Estefan sembra di trovarsi chiuso in una placenta nera, infinita, che al tocco delle frasche che grattano il cielo non si lacera.

Dorme il pollaio, dormono i conigli, dormono i fagiani. È un po' come muoversi in una fiaba in cui dormono tutti. Manca solo il drago. E un groviglio di spine fra lui e la bambina.

Inciampa. Quel qualcosa che gli ha fatto perdere il passo rotola con rumore di latta. Una lattina vuota del cazzo, di quelle che ha visto alla luce del sole, quelle con acqua, mangime e schifezze. Estefan inciampa e vola per terra, con le mani dritte nella merda. Una bestemmia muta.

Niente draghi: il tonfo sveglia banalmente qualche gallina nervosa, di quelle col sonno leggero che non trovano niente di meglio da fare che giocare al telefono senza fili con le loro vicine.

Il pollaio si desta. Porca puttana, pensa Estefan. S'intrufola dentro la stalla con passo furtivo: apre l'armadio a muro, afferra la torcia. Se Perla non si è già svegliata, ora si sveglierà.

* * *

Da un'ora il naso di Greta è appiccicato al vetro della sua stanza. Da un'ora le sue manine cancellano il vapore sul vetro.

Stasera è vestita: pantaloni della tuta grigi, maglia blu, stivaletti di gomma rossi: è presentabile.

Nonno è salito nella sua stanza da più di mezz'ora. Sono le dieci passate. Dorme, è certo.

La mano cancella il vapore, ancora. Ma questa volta è diverso: oltre il vetro, una luce di torcia rischiara la stalla.

Finalmente, pensa.

Apre la finestra.

La quercia ormai è familiare.

Sa che si può fare.

Ed è subito sotto.

* * *

La bambina è uno spicchio di sole che si affaccia alla porta della stalla.

«Ehi», la saluta il ragazzo, un fascio di nervi smagriti, il naso bendato.

Greta rimane di sasso, sulla porta.

«Ehi, sono io, Estefan».

«Cos'hai fatto al naso?».

Non le piace quella benda, proprio per niente. Le disturba il ricordo che serba di lui, le inietta diffidenza nei pensieri.

«Ho discusso con un amico».

«Ti ha picchiato?»

«Solo un pugno».

Estefan sorride. La bambina no.

«Se ti picchia come fa a essere tuo amico?»

«Qualche volta non pensi di meritarti una sgridata?».

Nella testa di Greta pensieri veloci, reminiscenze istantanee, fotogrammi di vita, attimi.

«Sì».

«Ecco. Io mi sono meritato questo».

«Perché?»

«Ho fatto le salsicce con le renne di Babbo Natale».

Greta finalmente ride.

«E allora chi la tira la slitta?», chiede entrando nella stalla.

Estefan ci pensa.

«Babbo Natale, solo che la sua diventa una slitta ambulante, ha cambiato impresa, vende salsicce di renna ai bambini e a Natale gli fa lo sconto».

Silenzio. Greta lo studia.

«Brutta battuta, eh?»

«Cosa gli hai fatto al tuo amico?»

«Io? È lui che mi ha rotto il naso!».

«Sì, ma tu cosa gli hai fatto?»

«...Gli ho fatto una domanda».

Greta ha lo sguardo sulla paglia, pensa.

«Io non ci credo a Babbo Natale».

Estefan non può non sorridere.

«Ma lo sai che salti da un argomento all'altro? Mi fai venire il singhiozzo ai pensieri».

«Hai ragione. Che domanda gli hai fatto?»

«Ecco, lo vedi? E comunque nemmeno io credo a Babbo Natale, non è credibile uno che alla sua età si concia così».

«Anche tu salti da un argomento all'altro».

«Aiuto! Sembra un'interrogazione!».

Estefan si stringe la gola fra le mani, gioca a strozzarsi e stramazza a terra. La gallina bianco calce col culo perennemente inchiodato alle uova lo guarda torva.

Greta ride forte, ancora. Di pancia e di testa. Ride con tutto. È bella.

Estefan si siede sulla paglia.

«Sei vestita stasera. Belli gli stivali».

«Grazie».

«Cosa facciamo?»

«Boh».

Estefan si alza, accarezza il muso di Perla.

«La cavalchiamo?»

«No».

«Perché?»

«È notte, facciamo troppo rumore».

«Ma dietro il pollaio non ci sente nessuno».

«È meglio di no».

* * *

Nonno si agita nel sonno, è da tanto che non sognava Roberta, la figlia tossica. È un sogno duro, durissimo, calloso come le sue mani contadine. Il corpo di sua figlia è crivellato dai buchi. Dai buchi filtra luce. Nonno ci guarda dentro, e vede Greta. Nonno è stranito, si scosta, cerca un appiglio che lo porti fuori dal sogno, ma il suo corpo di vecchio si riempie di buchi. Dentro, nessuna luce. Dentro lui è solo. Dai buchi cola sangue arterioso. Nonno odora di ferro. Il suo sguardo cerca aiuto, ma Roberta è sparita, è sparita anche Greta dai buchi di luce.

L'hanno abbandonato in una landa nera e brulla. Sembra terra di casa, ma è ampia. Molto più ampia di quanto non sia mai stata, sterminata.

Il vento aggredisce l'erba cattiva nei campi, strappa i capelli agli alberi, rovescia i nidi e li schianta a terra. Il vento gonfia il fiume freddo, artico, nero. È tutto nero, a perdita di braccia: neri gli alberi, neri i gatti, nero il gallo ficcato dentro un pollaio nero, gravido di uova nere covate da galline nere. È nera pure la luna, e le bisce che strisciano sotto i sassi, neri. Hanno occhi piccoli e neri, tutti. Sono come ombre. E le ombre, quelle vere, sono gemelle delle cose.

Nonno non sa con quali occhi vede ciò che vede, perché dentro gli occhi, come fuori, regna un unico colore assassino e vorace: nero. Eppure è così: un vedere senza luce.

* * *

Dietro il pollaio fa quasi freddo. Poggiata sopra un tronco d'acero, la torcia scava nella notte un tunnel orizzontale di moscerini ipercinetici; svela Estefan e la bambina, svela Perla sellata, assonnata, pronta.

«Hai mai montato?», gli chiede Greta.

«La panna».

«Dài!».

«No».

«Ti faccio vedere».

La bambina si affianca a Perla tenendo le redini. Le accarezza il muso.

«Devi salire sempre da destra».

Infila il piede sinistro nella staffa e afferra la criniera bianco sporco di Perla.

«È facile, vedi? Poi per salire ti devi dare lo slancio con la gamba destra: così, guarda».

Greta sale senza sforzo: un insulto alla fatica e alla forza di gravità.

«Sembra facile», commenta Estefan.

Greta scende, leggera come è salita. Gli libera il passo cedendogli il turno.

«Lo è. Però all'inizio non tanto. Prova».

«Provo».

«Devi salire sempre da des...».

«Da destra, mi ricordo. E poi infilo il piede sinistro».

«Esatto».

Estefan infila il piede nella staffa. Lo infila troppo: ce lo inzuppa dentro fino al tallone. La cavalla è mobile: Estefan non ci aveva pensato, si ritrova costretto in una danza idiota sulla gamba destra.

«Ehi!».

«Devi tenerti alla criniera!», gli dice Greta.

Già. Estefan l'agguanta e tira, il culo fuori dal proprio asse pesa all'indietro.

«Così le fai lo scalpo! Piano! Togli il piede e ricomincia».

«Io lo toglierei il piede! Ma la staffa non me lo ridà!».

La staffa è ingorda, s'ingoia pure caviglia e tibia. Perla sgroppa, Estefan le scivola sotto la pancia, e se Perla s'incazza è solo normale: prende a trottare, si vuole scrollare di dosso il ragazzo. Scalcia. Estefan è un Mocio Vileda strofina merda. Gli zoccoli non gli sfondano il cranio: è un Mocio Vileda fortunato.

Perla nitrisce.

Il vecchio cane rincoglionito alla catena, in risposta, abbaia.

* * *

Il sogno di nonno ha un sonoro: un ronzare incessante, fastidioso. È come se fosse sintonizzato sul canale sbagliato, su una frequenza distorta del reale.

Come se quel nero in cui è immerso s'infilasse persino nelle sue orecchie e ci scavasse la tana. Nera.

Nonno ha freddo dentro i vestiti neri. Cammina. Si ripara dal vento dietro un melo nero, si rannicchia contro il tronco. Lo stomaco ronza: ha fame.

Mele nere sulla testa. Sopra un ramo un gatto nero lo fissa: miagola in modo straniante e balza a terra.

Nonno afferra una mela dalla consistenza strana, ronzante.

Se la porta alla bocca rinsecchita dal vento, ma la mela si sfalda. Si scompone, si devasta.

La mela non c'è più, non c'è mai stata. Al suo posto un nugolo nero, brulicante e laido: mosche.

Nonno serra le labbra, ha schiacciato qualcosa, fra le labbra cotte c'è della poltiglia nera. Sputa. Un grumo nero sulla terra nera. E manda giù un conato, che non può essere che nero.

Apre la mano, la scuote.

Quel che resta della mela vola in direzioni oblique, scomposte, nere.

Il gatto ronza.

«Sciò», dice nonno. E picchia il piede a terra. Il gatto si sfalda.

Anche il gatto non è un gatto, gli volano via gli occhi.

Vola via tutto il gatto.

Nonno ha un sospetto. Salta in piedi, si tiene lontano dal melo, dal suo tronco nero, dai sassi, dai gatti, dal gallo, dall'erba cattiva. Nonno deve sapere, dà un calcio al tronco e il piede affonda dentro a un'inconsistenza nauseante che vibra fino alle fronde, scuote la forma perfetta del melo, sconquassa l'illusione, spezza un equilibrio bugiardo. Le fronde sfumano, sfumano i rami, sfuma il tronco: l'albero non esiste. Mosche ovunque.

Nonno strilla e cade a terra, si sfalda. Anche nonno non è nonno. Gli vola via la bocca mentre strilla, gli volano via le dita secche.

I galli, le bisce, il pollaio nero, tutto si scompone e tutto ronza.

Resta solo uno spazio sterminato. Nero.

Resta la realtà nuda nascosta dietro al mondo.

Ma anche la realtà è nera. E nonno si sveglia.

* * *

«Odio quel cane, lo odio!», ringhia Estefan a testa in giù. Dalla sua prospettiva il pavimento del mondo è un abisso, il cielo una crosta.

Greta abbraccia Perla, le sussurra all'orecchio cose dolci che nessun altro può sentire. Cose dolci che fanno magie.

Perla si cheta. Obbedisce. Estefan sfila la gamba dalla staffa, si è stancato di pulire merda e pensa che è vero quel detto che a far sempre la stessa cosa si finisce per somigliarle.

Il cane rinsecchito della SPAR non la smette. È un cane arteriosclerotico pazzo con la raucedine.

«Io lo strozzo!».

«Ti sei fatto male?»

«No».

Estefan riconquista la posizione eretta: è un giunco lercio col naso fasciato e gli occhi pallati, la sua espressione post shock ruba a Greta un sorriso morbido.

«Mi sa che puzzi», gli dice, mentre le sue dita sprofondano nella criniera bianco albume.

«Mi sa di sì», conferma Estefan.

«Sei stato maldestro».

«Pure malsinistro, se è per questo». Estefan guarda Perla negli occhi d'onice, le sorride.

«Mi sa che io e te dobbiamo ricominciare tutto dall'abc. Non mi porti rancore, vero?»

«No, le piaci», risponde Greta. Estefan strofina il muso di Perla, un soffice ruvido confuso.

«Pensa se non le piacevo!».

«Non ti faceva nemmeno avvicinare».

Estefan le gratta la schiena sporca: Perla lascia fare.

«Dov'è che ho sbagliato?», chiede a Greta.

«Hai infilato tutto il piede e ti sei dimenticato di prendere redini e criniera. Praticamente hai sbagliato tutto».

«Ecco».

Estefan dà un bacio con schiocco sul muso di Perla. Si porta alla sua sinistra, prima prende le redini, poi un ciuffo grigio bianco fra le mani, li stringe. Infila la punta del piede e si dà lo slancio. In un attimo è su. È volato con tutto il peso sulla sella: una frittata di coglioni. L'espressione non mente.

«Bravo!».

Estefan serra i denti.

«Ti sei fatto male?»

«No...».

«Sicuro? Hai una faccia».

«...Sono stato bravo?»

«Sì!».

«Evviva».

Abbraccia la cavalla. Intorno e addosso il buio si fa più umido e aggressivo.

Il ragazzo e la bambina si ricordano improvvisamente che è notte.

È tardi, pensa Greta. È ora che io vada, pensa Estefan, e pensa anche che c'è un vecchio sepolto nel suo letto con la passione del tiro a segno e un fucile che non scherza.

«Che vuoi fare?», chiede alla bambina.

«È meglio se torno su. La portiamo nella stalla?»

«Sì».

«Lavori domani?», gli chiede Greta.

«Vado a scuola».

«Vai ancora a scuola?»

«Eh, sì. Mi piace così tanto che sto facendo da due anni la stessa classe».

«Scendi?».

Estefan non si muove, se ne sta su Perla, fiero.

«Sali?».

Allunga la mano verso Greta.

«Ma non la sai portare!».

«La porti tu».

Greta afferra la mano, Estefan la tira su, la fa sedere a cavalcioni davanti a lui. Profuma di buono, le profumano i capelli. Le passa le redini.

«Andiamo», dice Greta.

E vanno. Piano.

Per non fare rumore. E perché a correre fuori dai sogni ci si può persino far male.

Giungono nella stalla.

* * *

Ha sentito qualcosa, ne è certo. Proviene dalla stalla. Nonno conosce tutti i rumori della casa, tutti i rumori del campo; c'è qualcosa di estraneo, un rumore diverso. Si alza, s'infila i pantaloni di tela grigia, imbraccia il fucile ed esce in corridoio.

La porta di Greta è chiusa: nessun rumore.

Non la sveglio, pensa.

Lo sguardo è alle scale.

* * *

Estefan si sfila maglietta e pantaloni. Resta con un discutibile paio di boxer grigio viola, proprietà di Martino.

«Così mi sento meglio».

«Per me tua mamma non sarà contenta di lavarti quei vestiti».

«Già».

«Mi accompagni alla porta?».

Estefan sventola la T-shirt incrostata.

«Vuoi anche che poi ti asciughi i piedi con la mia maglietta?»

«No!».

Camminano. La notte bisbiglia dalle micro fauci degli insetti.

«Avrei voluto fare cose più divertenti che rotolarmi nella merda da solo».

«La prossima volta le facciamo».

Estefan e la bambina raggiungono la porta.

«Allora ciao», le dice.

In punta di piedi, Greta gli dà un bacio sulla guancia. Inaspettato.

«A domani».

«Domani?». Estefan la guarda: gli occhi della bambina rigettano qualsiasi rifiuto.

«Domani. Vieni?»

«Domani sera?»

«Come stasera».

«...Ok».

«Allora a domani».

«...A domani».

Greta abbassa la maniglia.

La porta non si apre.

Il collo di nonno scatta verso la porta, al piano di sotto.

Qualcuno vuole entrare.

C'è Greta da proteggere.

La mano carica il fucile, il piombo in canna.

Scende le scale.

«E adesso?», chiede Greta, con la paura nella voce.

«Non avevi lasciato aperto?»

«Sì!».

«Da dove sei uscita?»

«Da là!». Greta indica la finestra buia sotto il tetto.

«Chi c'è?», urla nonno.

Estefan e Greta si guardano muti, gli occhi sbarrati.

I passi di nonno torturano le scale.

Sarà feroce nonno, sarà funesto, non vorrà discutere, Estefan non avrà il tempo di parlare, non lo lascerà spiegare. Gli occhi grigi della bambina corrono al campo.

«Di là!», dice Greta. Prende Estefan per mano e fuggono.

Nonno gira la chiave ed è subito fuori. Vede due sagome scure correre lontano, sulla sua terra.

Nonno punta il fucile.

E spara.

Il bossolo buca il buio e scompare nel niente, con rumore cattivo.

Greta grida.

«Non spari!», urla il ragazzo.

«Nonno!».

Le pupille di nonno si allagano buie. Sua nipote ha gridato nonno. Sua nipote è con qualcuno. Non è nella sua stanza, non dorme un sonno bello, non riposa sicura. È esposta. È in mani pericolose.

«Greta!», urla nonno.

«Non sparare!», grida la bambina.

Nonno carica il fucile. Non sparerà. Potrebbe ferire il suo tesoro più bello. Incede nella notte più nera del nero. Per un istante, il ricordo del sogno lo attraversa, ed è assurdo che ci pensi proprio ora, poi il pensiero di Greta lo cancella. Deve proteggerla.

Estefan scarta a destra. Non andrà dentro la stalla come un cane braccato, no. Si ricorda la seconda struttura, quella senza polli, quella con la macchina agricola, col fieno, con le assi scheggiate.

No. Nemmeno lì. Andrà oltre la rete, in direzione *wild* selvatico. Sì.

Dirà ciao alla bambina, e sparirà. Ma prima dev'essere sicuro che il vecchio non farà fuoco.

Greta potrebbe gridare a suo nonno di non sparare e tornare da lui, senza farsi male. Ma Greta è terrorizzata, e ha infilato la sua mano in quella di Estefan, stretta.

Nonno corre e le sue ossa scricchiolano, proprio come le scale. Nonno conosce la sua terra. Ogni anfratto. Ogni buco. Eppure inciampa in una lattina vuota del cazzo di quelle che ha visto alla luce del sole, la stessa che ha fatto volare Estefan con le mani sulla merda, di quelle con dentro mangime per polli.

Nonno cade. Le mani vorrebbero toccare terra, ma imbracciano il fucile.

E il fucile spara.

Un fiore rosso arteria si apre sul petto di nonno. E non si chiuderà.

Nonno pensa alle mosche. Pensa alle forme che nascondono il mondo.

Nonno ha capito il sogno.

E muore.

11
NON POSSIAMO RESTARE, LO CAPISCI?
(Primavera 1999)

1

Il silenzio dopo lo sparo è un buco che mangia il campo. Uno spazio immenso che striscia nelle orecchie e fa spavento.

Estefan non si muove, stringe la mano della bambina: sono fiori cresciuti nel posto sbagliato.

Silenzio. Il non sapere cosa fare toglie il respiro.

Si guardano.

Troppo buio davanti a loro per capire, troppo istinto dentro per non averlo inteso.

Nessun lamento, nessun passo dopo lo sparo. Solo un tonfo secco. Poi più nulla.

Le sensazioni vanno verificate. Estefan fa un passo verso la casa, verso il vecchio, verso il tonfo secco che ha precipitato il mondo in un silenzio di sasso. La mano della bambina stringe, lo tiene, non vuole.

Estefan la scosta, la mette al riparo dietro la schiena con gesto fraterno e si avvicina.

La luna ha una pietà che il sole non conosce, svela al ragazzo una realtà meno cruda in cui i rossi sono neri e i neri sono niente.

Nel niente della terra c'è una sagoma di niente; uno

straccio di vecchio sotto il quale si allarga una macchia nera. La faccia della luna ci si specchia. Non è mai rosso il sangue, sotto la faccia della luna.

Estefan guarda. Non può non guardare. La bambina ha il viso appiccicato alla schiena.

«Cos'è successo a nonno?», chiede.

Estefan la stringe, le nasconde il viso bollente contro il petto glabro.

«Cos'è successo a nonno?!», grida Greta isterica.

Estefan la serra a sé. I piccoli pugni fanno male contro i fianchi magri.

«Dimmelo! Cos'è successo a nonno?!».

Estefan chiude gli occhi.

Cos'è successo a tuo fratello? Cos'è successo?

Estefan ha nove anni e la morte ha un nome: Sebastiano.

Li apre e ne ha diciannove. Cambia solo questo: gli anni. E i nomi. Ma la morte è sempre lì, invecchia anche lei, pensa. Pensa alla bambina. Pensa che le deve delle parole per rammendare quel disastro.

«È stato un incidente, Greta».

Non la molla, la tiene. La bambina ha la forza di dieci braccia.

«Cos'è successo a nonno?!».

Estefan non può dire quello che Greta sa. Può solo stringerla. Ma lei non lo vuole quell'abbraccio, si divincola dal petto del ragazzo e libera lo sguardo. Vede nonno accartocciato a terra, un fazzoletto di carne consumato. Spalanca la bocca, muta.

Lo stupore annulla lo spazio e il tempo, li ridicolizza.

Ormai la bambina ha visto, Estefan non potrà più cancellarle quelle immagini dagli occhi, ma vuole distoglierla, rapirla, portarla via da quell'orrore. La serra per la vita e Greta scalcia. Si ribella a quelle mani. Greta grida un no grande che ha tutto il sapore della negazione, del rifiuto del reale, un grande no che fa rivivere il tempo e lo spazio, le galline nel pollaio nero e Perla che scalpita nella stalla. Fa rivivere tutti i rumori e riaccende la vita con la sua inutile lotta contro la morte, che la fissa dalla pozza nera in cui la luna sorride.

Estefan non la lascia. Prende il suo posto nel mondo. Aspetta che la bambina si stanchi, che crolli, che si arrenda a quella lotta che le strappa il cuore. Che si arrenda al dolore.

Quando tutto questo accade, sono a terra sfiniti. La bambina fra le gambe del ragazzo, i nervi ancora tesi in un abbraccio che non si allenta.

Tutt'intorno è terra dissestata, caotica, selvatica. Un grumo di campagna su cui strillano animali orfani, chiusi in gabbie fatiscenti.

Il ragazzo e la bambina non possono sentire il telefono squillare, squillare e squillare ancora, nel buio della casa.

Estefan ci ha pensato, non possono restare lì, lo sa. Anche se preferirebbe non saperlo e assecondare quel pensiero pazzo che gli si è affacciato alla mente: guarda il nonno, la terra lo bacia, un bacio d'amante, lo lecca, lo morde. Lo divorerà intero. Lo farà eternamente suo. Nonno ora appartiene alla terra. Si è invertita la proprietà. Un contratto antico. Inevitabile.

Estefan pensa di seppellirlo, di interrarlo lì, subito, di nascondere tutto e fare finta di niente, continuando a vivere in quell'arto strappato di terra, in quella casa non sua, in quell'embolo di favola. Per un istante pensa davvero che sia la cosa giusta da fare. Ma la favola si è sporcata, si è rotta e non si aggiusterà più. Inutile illudersi: li verranno a cercare, lo separeranno dalla bambina.

Preferirebbe non saperlo, ma lo sa. Non può nascondersi. Non se lo permetterebbe mai. Deve tentare di sanare quel disastro, e per farlo gli resta un'unica strada: affrontare le cose, anche se ringhiano, anche se la luce della luna a picco sulla testa le rende irreali e avrebbe voglia di perdercisi e impazzire.

«Greta».

Greta non risponde.

«Greta, dobbiamo andare via».

Greta è rigida, è rigida la mano che Estefan stringe, è fisso il suo sguardo, inchiodato al corpo del nonno come i chiodi alla croce.

«Greta, ti prego, ascoltami, non possiamo restare qui, lo capisci?».

Greta è volata via. Dentro alla sua testa di bambina è entrato un uragano e ora germinano il silenzio e la devastazione, dentro alla sua testa di bambina c'è un paesaggio post atomico.

Estefan non vorrebbe nemmeno piangere, ma il silenzio di Greta lo fa sentire solo nel momento sbagliato, in una campagna matrigna, davanti al corpo oltraggiato di un vecchio. E piange per Greta, per nonno, per Mamma, per papà, per Sebastiano, piange fuori tutti i tremori dell'infanzia. E per una volta, piange per se stesso, per il bambino che è stato, per il bambino che non è potuto essere. Per il ragazzo. Per il disastro che ha davanti agli occhi e non sa come affrontare. Nessuno lo consola, e si asciuga gli occhi. Il mondo ripiomba nel silenzio. La bambina sembra finta, una bambola di porcellana finissima che pare intera, invece Estefan lo sa, è tutta crepata, basterebbe un alito di vento a frantumarla, e non basteranno tutti gli anni del mondo a rimetterla insieme.

Estefan si schiarisce la voce e le accarezza il viso, la bambina non si ritrae a quel gesto, ma nemmeno lo accoglie, rimane indifferente, fredda come una lastra di marmo.

«Greta, te lo giuro, è stato un incidente, non è colpa di nessuno e non è colpa tua. È stato solo un maledettissimo incidente». Vorrebbe stringerla, ma teme di spezzarla.

«Parlami, ti prego, dimmi qualcosa, qualunque cosa».

Il silenzio della bambina è la tortura peggiore, la punizione suprema, un castigo inumano. Estefan preferirebbe sentire ancora i suoi piccoli pugni contro i fianchi magri. Preferirebbe essere soverchiato di urla isteriche e disperate. Preferirebbe udire delle semplici domande che lo aiutassero ad agire: e adesso? Dove andiamo? Che ne sarà di noi? Mi starai vicino? Avrebbe le risposte, le direbbe che è il momento di chiamare la polizia, che qualcuno si occuperà di lei, che qualsiasi cosa accadrà, lui le starà vicino. Sì, avrebbe le risposte. E si sentirebbe adulto e capace.

Ma Greta non chiede. E il ragazzo si sente morire. Pensa che la polizia lo arresterà, che la bambina finirà in un istituto, in una casa famiglia, o forse qualcuno la adotterà.

Non c'è pace per i cuccioli.

«Dobbiamo chiamare qualcuno, Greta accompagnami dentro casa a fare una telefonata... vuoi?».

Ma la bambina ha trovato il modo di fermare il tempo, basta non esistere. Ha esiliato il mondo e se stessa, e non sente dolore. Estefan si arrende, comprende che la bambina esercita un diritto, e spera solo che presto, in un modo o nell'altro, voglia tornare. Sa che non può costringerla a reagire, né a seguirlo. È lui il più grande. Se c'è qualcosa da fare, in tutto quello sfacelo, spetta a lui e a lui soltanto. Si scosta da lei, si alza in piedi, Greta nemmeno se ne accorge, lontanissima.

«Entro un attimo in casa. Devo chiamare la polizia, devo avvertirli di quello che è successo. Poi torno. Giuro che ti starò vicino. Te lo giuro».

Non è certo che la bambina abbia sentito, né che abbia compreso, persa com'è nei suoi paesaggi desolati. A lui non è concesso perdersi, non quella sera. Magari il giorno dopo potrà dormire fino al Giudizio Universale, in cui sarà condotto davanti a un plotone implacabile fatto di Mamme, nonni e fratelli.

Si avvicina piano alla bambina e la bacia delicato sulla fronte.

«Torno subito», le sussurra.

Varcata la soglia, Estefan non può che sentirsi un ladro, ogni angolo della casa sembra scrutarlo con lo sguardo severo del vecchio.

Il telefono troneggia sopra un mobile, muto e giudice. Estefan esita.

E il telefono inaspettatamente squilla, con un suono che spaventa e confonde. Ha bisogno di tempo, Estefan. Deve chiamare la polizia. Forse *è* la polizia. Forse è qualcuno che può aiutarlo. Forse è qualcuno che vuole punirlo. Forse dovrebbe rispondere. E invece se ne sta fermo, paralizzato come un gatto davanti ai fari, e allora conta, sperando che quel momento passi senza investirlo.

...Uno, due...

Il telefono continua a squillare.

...Tre... quattro...

Estefan non risponde. Non ce la fa.

...cinque... sei...

Spera che smetta, ha bisogno di più tempo per pensare, deve concentrarsi e chiamare, sapendo esattamente cosa dire.

...sette... otto... nove...

Ma il telefono non smette.

Estefan solleva la cornetta, ha il fiato spezzato e le emozioni scomposte. Se la preme all'orecchio, e aspetta.

La voce all'altro capo del filo è roca e piena d'ansia. È voce di vecchio.

«...Franco? Franco, tutto bene? Ho sentito degli spari».

Estefan respira, vorrebbe dirgli che sì, lui è Franco, e sì, va tutto benissimo. Sarebbero proprio le parole di cui Vincenzo avrebbe bisogno, mentre se ne sta appeso al filo aspettando l'autorizzazione per tornarsene a letto, rassicurato e sereno.

Ma Estefan quelle parole non le ha.

«...Greta? Greta sei tu?...».

Quell'uomo conosce la bambina. Estefan prende coraggio e scopre di avere tutte le parole che servono, irrompono dalla gola come acqua dalla breccia di una diga.

«Sono un amico di Greta. Ci aiuti, per favore... è successo un incidente terribile, il nonno di Greta... è caduto sul fucile...». Estefan inspira, stravolto.

«Come caduto sul fucile? Chi sei? Chi parla?»

«C'è Greta da sola, nel campo, devo starle vicino adesso. Chiami aiuto, la prego».

«Ma chi sei?!».

Estefan non ha altro da aggiungere, deve correre dalla bambina, la vuole abbracciare, ne ha un bisogno vitale. Le dirà che aspetteranno insieme, e che insieme affronteranno tutto, che ce la faranno.

Ma nel campo, la bambina non c'è.

Il corpo morto di nonno sembra dormire scomposto in un posto sbagliato.

Estefan sente il cuore perdere il passo.

Greta è fuggita.

Estefan la chiama fino a raschiarsi la gola, la cerca

spostando assi, gabbie, graffiandosi tra i rovi. I movimenti sono rapidi e nervosi, spaventati, sembrano quelli di un animale braccato. La bambina, la sua bambina primavera, Estefan deve trovarla, deve proteggerla, deve aiutarla. Vorrebbe chiedere a nonno in quale direzione è andata, ma è un pensiero stupido, insensato, assurdo. E teme che il suo cervello salti proprio adesso, proprio adesso che non deve.

Si ferma. Respira. Ragiona. O almeno ci prova. Sente abbaiare. È il cane rincoglionito alla catena. Abbaia e uggiola verso il campo. Greta, pensa Estefan, ma certo, non sarebbe mai fuggita sulla strada. È scappata via da tutto, Estefan lo sa, lo capisce. Sta cercando riparo nelle fauci della Valle, che scintilla ammaliante sotto una luna gravida e folle.

Ne è certo, ora lo sa: a Greta la Valle deve sembrare un bosco, un bosco incantato dove abitano ancora i sogni.

Non ha bisogno di pensarci su, sta già correndo a perdifiato. Nel *wild* selvatico.

2

Il ragazzo le ha detto: «Non possiamo restare qui», e da qualche parte Greta ha sentito. Quando è tornata a percepire il suo corpo, il ragazzo non c'era più e ha provato terrore, il corpo del nonno riverso a terra, nonno che non sarebbe tornato.

Non potevano restare lì. E dove allora? Perché è sola? Dove era andato Estefan? Il cervello si accende e si spegne come le luci sugli alberi di Natale, Greta vuole nascondersi dagli uomini che la porteranno via. Greta non sa cosa fare. Il bosco le era sembrata una buona idea, ma ora non più. Le ombre degli alberi si protendono su di lei come mani artrosiche, pronte a ghermirla. I rovi ridono, gli animali tramano nell'oscurità delle loro tane, Greta li sente. Nonno una volta le aveva detto che nelle loro terre non ci sono animali pericolosi, solo qualche cinghiale. Greta ha paura dei cinghiali, ma ha ancora più paura dei nomi e degli animali che non conosce, e che potrebbero esistere. Dovrebbe chiedere meglio a nonno, ma la mente viene frustata dal ricordo, impietoso e feroce: nonno è morto, se lei non gli avesse disobbedito sarebbe ancora vivo, nel fresco della sua stanza a dormire sogni sereni, la mattina si sarebbe alzato e lei gli sarebbe corsa incontro, abbracciandolo stretto stretto fino a sentirgli scricchiolare la schiena. Gli avrebbe detto che gli voleva bene e che da quel giorno in poi la porta l'avrebbe chiusa davvero.

Ma nonno è caduto sul fucile. Nonno è morto perché lei è cattiva.

Greta scappa, senza meta. Le lacrime sono perle di rugiada nella notte.

Estefan grida il nome della bambina, la sua voce nella notte stupra il silenzio, zittisce le cicale. Estefan batte i sentieri e ne inventa di nuovi. Non sente la sua pelle bruciare, graffiata dagli sterpi. Non sente la fatica e nemmeno il sudore. La chiama, come un assetato nel deserto invocherebbe l'acqua. La chiama come immagina si dovrebbe pregare un dio. Ma a lui basterebbe la bambina. La bambina è tutto ciò che gli resta. La bambina è una parte del suo cuore. La bambina, in un modo stranissimo e indecifrabile, porta in sé l'antidoto al dolore.

La bambina si arresta. Una biscia le taglia il sentiero, Greta sente il sangue gelarsi nelle vene. Ne ha viste di bisce, tante, ma di giorno, nel suo campo. Ora invece è lei a trovarsi in casa sua, e ha la certezza che la biscia la fissi e che con la sua lingua biforcuta reciti una maledizione terribile, la maledizione che si scaglia contro le bambine che ammazzano i nonni. Poi il rettile se ne va, sparendo fra i canneti, l'abbandona, come tutti. Greta osserva i canneti muoversi e frusciare nel vento bisbigliante della sera, teme che qualcosa di enorme possa uscire da lì e sbranarla intera, punirla, ucciderla.

Greta indietreggia. Si è dimenticata di guardare dove mette i piedi e scivola, precipitando oltre il fosso, lungo una parete scoscesa e ripida che si ferma a pochi passi dal fiume, limaccioso e nero. Le ginocchia bruciano, escoriate, rivoli minuscoli di sangue le arabescano la pelle. Greta piange, singhiozza. Non aveva ancora pianto, non così, è un pianto che non è fatto per una gola di bambina, perché la scuote tutta, come uno stelo in mezzo alla tempesta. È un pianto inconsolabile, ma che la notte sa cullare fra le braccia delle correnti, e c'è un momento preciso in cui il grido di Estefan e il pianto della bambina si sfiorano, a impensabili altezze.

Estefan si ferma, come se gli avessero sparato in pieno petto: ha sentito la bambina piangere, disperata. E ha temuto che quello di Greta fosse un pianto articolato, come il respiro di Sebastiano nella culla. Non può cedere ora, la voce della bambina è un arpione, lo tiene ancorato al reale.

«Gretaaa!».

Il pianto cessa, all'improvviso. Estefan teme sia troppo tardi, o di avere immaginato tutto.

«Estefan!». La bambina ha risposto, con la sua voce spaventata e bagnata di pianto.

A Estefan non resta che lasciarsi guidare da lei.

E stringerla finalmente fra le braccia.

12
LE CASE NEGLI OCCHI
(Primavera 1999)

1

Non lo sanno da quanto tempo se ne stanno così, abbracciati e muti come cuccioli. Il *wild* selvatico è un utero benevolo, è l'unica casa possibile.

Estefan non ha smesso un istante di coccolarla, stringendola a sé per tenere lontani i fantasmi. La domanda di Greta, invece, ne chiama a raccolta un'intera legione.

«Perché è successo?».

Estefan lo sa, lo sente. È giunto il momento di dare un nome a quel disastro.

«Fatalità». È la prima parola che la bocca rilascia, più veloce del pensiero.

«Cosa vuol dire?», chiede la bambina.

«Vuol dire che una cosa succede e basta, e non ci puoi far niente... Ti dispiace da morire che sia successa e avresti fatto qualunque cosa perché non succedesse. Vuoi darti tutta la colpa, e pensi che potevi evitarla, e invece non potevi saperlo che sarebbe successa, e quindi non potevi evitarla. Fatalità è quello che è successo stasera».

Greta tace. La mente ripete quella nuova parola, la

assimila, la digerisce, se ne nutre. È una parola utile. Necessaria. Poi un dubbio la assale, impietoso.

«Ma è stata colpa mia. Se io non scendevo, se non disubbidivo...».

«Non è stata colpa tua. Te lo giuro».

Greta lo stringe più forte.

«Non voglio che ci portino via, non voglio che le cose cambino». La sua voce è rotta, i sentimenti scomposti.

Le cose, Estefan lo sa, sono già cambiate. Li porteranno via, è questione di tempo, e ci saranno adulti, poliziotti, assistenti sociali, istituzioni e regole.

«Greta, io non ti lascio».

E piovono baci sulla sua fronte bambina, e un abbraccio che suggella ogni promessa.

«Com'è morto tuo fratello?», gli chiede Greta all'improvviso, perché ha urgenza di confronto e deve sapere. Estefan vorrebbe svanire, d'istinto si scosta. Poi sente freddo sul petto, dove manca la bambina. La tira a sé, l'abbraccia, e contro il petto le nasconde quegli occhi sinceri di brace, le bisbiglia all'orecchio.

«È morto nel sonno. Ai neonati succede, è raro, ma succede».

Il cielo non sanguina. Dovrebbe.

«Mia mamma è morta mentre mi partoriva», dice Greta. Estefan l'abbraccia e le bacia la fronte: scotta.

«Dici che è colpa mia anche la morte della mia mamma?»

«Tu non hai nessuna colpa, Greta, hai capito?».

Le loro parole s'intersecano per girandole di senso misteriose, ellissi straordinarie.

«Fatalità», sussurra Greta, mentre con la mano bianca gli scosta i capelli dal viso. Gli occhi del ragazzo luccicano, e il suo sguardo vuole scappare via, perché la bambina è riuscita a entrargli dentro, a scavarsi la tana dove prima c'era solo il buio. E allora il suo sguardo vola, e si appende alle stelle. E quando le stelle si sfocano, liquide, Estefan chiude gli occhi.

Quando li riapre, le stelle non ci sono più. Ci sono solo due occhi grigi e fondi. Vivi.

«Estefan...».

«Sì?»

«Vuoi diventare mio fratello?».

Emozioni discrepanti, violente, sconvolgono il suo petto di ragazzo, spezzano tutte le parole, seccano i pensieri. L'immagine disturbante di Sebastiano riaffiora alla memoria, e gli fa venire voglia di fuggire via, lontano da Greta, lontano da tutto l'amore che scorre fra il suo petto e quello della bambina. Estefan non sa avere cura dei fratelli. O forse sì, forse ne ha sempre avuta.

La luna scivola ladra fra le fronde, si riverbera nel fiume, scintilla. Estefan e Greta si guardano i volti spettinati e sconvolti. Si volano tra le braccia e si respirano, rabberciando tutti gli strappi del cosmo.

«Dormiamo, adesso», le sussurra Estefan.

«Però stringimi», lo supplica Greta.

E mentre la stringe, Estefan guarda la luna, perché la luna ha una pietà che il sole non conosce e la bellezza è una maledizione che strazia.

Il sonno li coglie; spegne a una a una le stelle, la memoria spegne tutti gli spacchi.

* * *

La luna taglia di luce obliqua il campo, una rasoiata glauca a pettinare le ombre fino al fiume. Il nero si stinge in un bagliore straniante. Il sole spinge sotto le colline, un parto di sangue, lento.

«Ho freddo», sussurra Greta.

Estefan fluttua. È in mare aperto. Galleggia. Il sole preme contro palpebre serrate. È caldo, molto caldo a ovest. Estefan fluttua.

«Ho freddo».

L'acqua è solida e non dovrebbe esserlo, pensa Estefan, abbandonato sopra un mare verde di erba spettinata. È oppresso da una sensazione di torrido sfiancante, e pensa che anche il sole è solido, ed è a ovest.

«Ho tanto freddo».

Estefan si sveglia. Hanno dormito. Quanto? Il sole sta sorgendo. Forse un paio d'ore.

«Estefan...».

Ma Greta ha freddo. È lei il sole torrido del mattino, che brucia a ovest del suo corpo di ragazzo. La prende fra le braccia. Le bruciano le labbra. Le brucia la fronte. Tutto è storto, ribaltato, disastrato.

«Hai la febbre, Greta».

Il mare si prende la bambina: fluttua.

«Greta, mi senti?», le chiede Estefan, la sua voce è una scialuppa.

«...Abbracciami...».

Le bacia la fronte.

«Ho tanto freddo».

«Hai bisogno di medicine. Devo andare a prenderle».

Il terrore negli occhi di Greta.

«Non andare via».

«Torno subito, promesso».

«No!».

«Devo, Greta. Hai la febbre troppo alta».

«No!».

«Torno, te lo prometto». Se la stringe forte al petto, Greta non ha forza nei piccoli pugni stretti che picchia contro i fianchi. Le emozioni la stordiscono e la annientano. La bambina brucia, e perde i sensi.

«Greta!».

Ma Greta non si sveglia.

In lontananza Estefan li sente, i cani. E pensa ai cani neri, venuti per lui, perché ancora una volta non riesce a salvare un cucciolo fratello. Infine mette a fuoco: ci sono uomini assieme ai cani e un vecchio malmesso che cammina claudicando. Un vecchio di cui Estefan non può conoscere il nome, e nemmeno che questa è la prima volta dopo tanti anni che percorre a piedi più di quattrocento metri.

Estefan, in un attimo, capisce. Salveranno la bambina. Continueranno al posto suo ciò che lui non può fare. E c'è un'altra cosa che capisce: che ha paura. Perché gli adulti, lo sa, non ascoltano. Lo arresteranno, gli faranno male. Forse Estefan non avrà parole ed energie per spiegare quello che è davvero accaduto, perché è troppo complesso, doloroso, raro. Se potesse porterebbe via Greta con sé. Ma più di ogni altra cosa vuole che lei viva. Li separeranno. E allora Estefan la stringe e la respira per l'ultima volta. Le bacia la fronte bollente e le dice tornerò, te lo prometto, tornerò. Perché non può non rivederla. Perché è la sua bambina primavera.

Ma i cani abbaiano, tirano i guinzagli. Avanzano.

Prima che lo stanino, Estefan deve scappare. E allora corre via, coperto dai canneti, rapido e furtivo. Sparisce lungo le scriminature dei campi e ci si perde.

È di nuovo solo. E non è una scelta. È una fuga. Potrebbe avere il tempo per pensare, per cercare di ordinare i fatti, i nomi, le facce, ma sarebbe come pettinare un oceano.

Martino, forse Martino potrebbe capire. Lo vorrebbe chiamare, ma non può. E per la prima volta pensa che lui e Mamma l'avranno certamente cercato in quella notte randagia. Gli sembra di vedere Mamma imprecare, perché il figlio più stronzo ha lasciato di nuovo il cellulare a casa.

Estefan è troppo solo, l'anima squarciata, i muscoli di stoppa. Potrebbe sedarsi col Gioco del Se. Non vuole, o forse sì. Ma non ha forza di opporsi, è stanco, le arterie dei pensieri esplose.

Pensa alla bambina, cosa le succederà adesso?

La libera associazione lo trascina nei ricordi. Cos'è

successo a tuo fratello? Cos'è successo? La voce di Mamma gli scortica il cervello.

Greta sudava, respirava, ansimava. Quello di Greta, forse, era un respiro articolato, proprio come quello di Sebastiano. Forse è morta, si dice. Non è morta, lo sa, non si muore con la febbre, non nel ventesimo secolo, non così, non con quegli uomini che l'hanno certamente portata via in tempo. Ma se fosse comunque morta? Se fosse grave?

E se e se e se.

In *loop*. Perché le ossessioni migrano: sono nugoli di nere mosche che sfaldano le forme del mondo e lo devastano.

E se e se e se.

E tornano i buchi sugli scivoli e i cani neri, torna Sebastiano e Mamma che urla pazza dall'abisso. Tornano tutti.

Pensare d'essere stanco è troppo facile. Pensare d'avere la febbre pure. Fermarsi e dormire lì dove si trova è un pensiero che neppure gli sfiora la mente. Non gli sfiora la mente il pensiero di tornare indietro e chiedere aiuto agli uomini che hanno trovato Greta. Loro avrebbero molte risposte. Spezzerebbero l'ossessione.

Ma Estefan si è perduto, e l'orientamento è frantumato.

Potrebbero essere trascorse ore. O sputi di minuti. Non lo sa com'è che c'è arrivato, ma si trova davanti a una cava abbandonata nel cuore della Valle. C'è un cantiere rugginoso, coi corrimani incrinati che gridano tetano, grida tetano l'arancione rugoso che si sbrana il ferro.

C'è una scritta fatta con spray, nero:

vi impiccheremo fasci

2

Greta sente un coro di folletti cantare il suo nome, ma sembra più un urlo: sono folletti stonati. Non li vede, però sa che sono folletti. Fa freddo nel bosco. Un freddo umido che fa battere i denti. Pensa che le cadranno, i denti, e arriverà la Fata Dentina che esaudirà un desiderio e il desiderio è cenare con Estefan e il nonno nel bosco.

«Tutto bene, piccola, non ti vogliamo fare del male».

Non vogliono farle male, i folletti. Ne era certa. Sono simpatici i folletti.

Li vede bene ora, a occhi chiusi li vede proprio bene. Sono preoccupati perché ha freddo e le faranno una coperta di foglie.

«Bambina mia, Greta, piccolina». È un folletto nuovo a parlare, e mentre parla singhiozza, se la prende molto a cuore il folletto, e ha una voce davvero simile a quella dell'amico del nonno.

Il folletto le posa una mano sulla fronte.

«Ha una febbre da cavallo, poverina. Chiamate un'ambulanza, subito!».

Cavallo, pensa Greta. Sono belli i cavalli. I folletti sono amici degli Unicorni. Gliene potrebbero portare un paio per scaldarla, come fanno nel presepe il bue e l'asinello. Sarebbe bello, molto. Si accontenterebbe di Perla. La ama molto. È bella Perla.

«Deve avere visto suo nonno morire», sussurra un folletto grasso.

Sono fastidiosi i folletti. Dicono cose fastidiose. A occhi chiusi i folletti iniziano a diventare brutti. Hanno la barba sporca e unta, mangiano bistecche di Unicorno. Forse vogliono mangiare Perla. Greta urla.

«Buona piccola, buona, hai solo la febbre, adesso riposati e vedrai che si sistema tutto», le dice il folletto.

Ha la voce bella questo folletto nuovo. Forse non li mangia gli Unicorni. Greta delira.

I folletti hanno cambiato gli odori del bosco. Non sente più l'odore di Estefan. Lo vuole con sé, lo vuole subito, non può farne a meno, non si fida dei folletti. Lo chiama.

«Chi è Estefan?», chiede un altro folletto.

Estefan proverebbe a cavalcare gli Unicorni e loro lo lascerebbero fare, ne è certa.

«Chi è Estefan?», le chiede ancora.

«...È mio fratello...», risponde.

Il bosco la divora.

Quando l'ambulanza arriva lei sente gridare le silfidi del bosco. Non sente le mani che la afferrano, non riesce a tenere gli occhi aperti. La caricano su una barella troppo fredda. E nel freddo la portano via.

* * *

Estefan ha l'armatura spaccata. Ha ancora nove anni e nessuna difesa.

Estefan legge: *vi impiccheremo fasci*.

E il cielo si fa buio di colpo.

Estefan alza gli occhi, è inevitabile.

Il cielo ha ganci. Hanno ganci le ringhiere rugginose e i corrimani. Sopra la testa ganci ovunque, e ai ganci persone appese. Uncinate.

Hanno il collo rotto le persone, e uncini che bucano carni livide e strappate. Bucano colli, bocche, petti.

Hanno occhi le persone, sbarrati e vivi. Lo fissano, lo vedono.

Morti con gli occhi vivi. Morti che condannano.

Sono a migliaia. Oscurano il cielo.

Pesano così tanto che la lastra del cielo potrebbe crollare a terra e spaccarsi. Sopra resterebbe solo un vuoto nero. Se Estefan avesse sognato lo stesso sogno del nonno penserebbe alle mosche, al loro ronzio sempiterno, al rumore dell'universo.

E se il cielo potesse pisciare, se i ganci lo potessero squarciare lacerando la sua placenta scura, allora uscirebbero le figlie della notte, crollerebbero giù col peso di uno schianto. Mosche. Con le ali polverizzate da siderali altezze.

Gli occhi lo fissano. Non può scappare. Il cielo è infinito, è sopra, è superiore. Lui è sotto, questo è tutto.

«Estefan!». È la voce di Mamma.

«Estefan, non mi rispondi? È questo il modo, quando ti parlo?!».

Estefan la cerca, la trova: Mamma impiccata con gli

occhi di fuori, gli sbava sul viso una saliva che puzza. Gli occhi sono cattivi, troppo grandi, furiosi.

«Cos'è successo? Cos'è successo a tuo fratello?!», gli urla Mamma.

«Cosa mi hai fatto?», grida una voce maschia, profonda, che vira improvvisamente in un vagito acuto. È la creatura pelosa che sanguina, avvolta in un cartoccio, uncinata di fianco a Mamma.

«Cosa mi hai fatto?», latra, strilla. Un vagito perverso.

Gocce di sangue dal suo corpo.

Il cielo ha prede appese, uncinate per la bocca. Grondano.

C'è anche nonno che penzola col collo rotto, lo fissa.

«Chi c'è?», gli urla.

C'è Greta. Uncinata e appesa, anche lei. La testa rovesciata all'indietro, gli occhi strabuzzati in un'espressione infernale.

«Vuoi essere mio fratello? Vuoi essere mio fratello? Vuoi essere mio fratello?».

Urlano tutti assieme. Estefan corre, senza scampo. Il cielo piscia sangue, i ganci tirano. È troppo. Il cervello non regge, non sostiene. Non può.

Estefan non sa dove si trova, non sa dove corre, non sente la terra, non la vede. C'è solo il cielo che non è più cielo, ma una bestemmia che rovescia Dio insieme a tutti i suoi eserciti.

Estefan corre e cade. Non riesce a distogliere lo sguardo dall'orrore. Si rialza, corre e cade. E ancora.

Non vede il sentiero finire di schianto.

Non vede il cemento.

Non sente il clacson. Né lo stridore di gomme bruciate.

Quando il camion lo sbalza via non sente dolore.

Non sente le ossa spezzarsi.

Non sente il rumore degli incisivi frantumarsi contro i sassi del campo.

Il cielo smette di pisciare, i ganci svaniscono.

Il mondo intero è bianco, ora. E senza suono.

EPILOGO

Occhi aperti o chiusi non fa alcuna differenza. Ovunque è un bianco assoluto che pare pennellato a calce, e la calce è asettica, sterilizza i pensieri.

Disinfettante e ferro. Odori aggressivi che s'arrampicano con ramponi chiodati sulle mucose nasali, vogliono cancellare il bianco, attivare i ricordi. Oltre la calce è certo di sentirle: voci. Ma sono troppo distanti, un brusio impastato e confuso che molesta il cervello e lo vorrebbe svegliare.

Il bianco è un muro. Protegge. Si sta bene nel bianco. Molto meglio che fuori.

Estefan perde coscienza.

* * *

L'infinito è bianco, è l'alfa e l'omega di tutto.

Quando si stinge arriva il dolore: una sega rossa crollata di taglio all'altezza del cranio e poi giù, fino alle gambe. Estefan urla, tagliato in due. L'urlo ha potere, l'urlo penetra i muri di calce e raggiunge le voci. Le voci gli infilano qualcosa che punge nel braccio, qualcosa di certamente bianco. Qualcosa che ripara le falle dentro al muro. Qualcosa che copre a strati spessi la vita, qualcosa che la inuma.

Il bianco lo inonda.

Il bianco mangia il mondo.

Il bianco fa bene.

* * *

Lungo il muro bianco, crepe. Le voci filtrano dalle falle.

Seisuelioggi...

Intraducibili, entrano senza grazia.

Staimeioooooooo...

Rimbombano.

Dolore, ovunque.

Qualcuno deve riparare il muro e ripristinare il bianco, perché il muro non è solido. Non più. È pellicola di nylon trasparente. Estefan ci vede le cose sfumate. Cose che portano memorie cattive: ganci, cani neri e buchi negli scivoli.

Estefan non ci vuole pensare. Vuole il bianco.

E ha imparato il modo: urla. O forse gli sembra, perché l'ago nel braccio non arriva.

Arrivano invece i cani. Neri. A sbranare fianchi, costole fracassate, gambe spezzate in più punti. Li vede. A occhi chiusi. Pasteggiano coi musi neri affondati nella carne. Strappano. Lacerano. Di fianco a loro c'è nonno, scorci d'ossa in pelle putrefatta. Gli infila appena la canna del fucile sotto il sacro, dentro all'acetabolo, scalza via la testa del femore, la solleva proprio. C'è qualcosa di vivo là in fondo, sotto la testa del femore c'è un cartoccio sanguinolento. Vagisce.

Estefan urla. Urla Mamma dall'abisso, all'altezza del cuore. Esce da lì la testa di Mamma.

«Cos'è successo?».

Estefan urla. Le braccia spezzate.

Compare anche Greta con le orbite vuote, e un gancio infilato nel collo come le bestie al macello.

«Vuoi essere mio fratello?».

Estefan strepita.

E l'ago arriva.

Il bianco sbrana i cani neri. Sbrana il dolore.

Innalza un muro. Una pace che sa di premorte.

* * *

Non lo sa da quanto dura. Giorni, settimane, mesi.

Sa solo che la luce è un colpo basso. Una rasoiata sulla retina.

Aprire gli occhi è stata un'imprudenza, un riflesso naturale.

Chiudere gli occhi non serve più, ormai il bianco è frantumato, e questo è il suo primo déjà-vu.

Le ossa sembrano scardinarsi.

Estefan urla, ancora.

Dita straniere gli spingono in bocca pastine amare. Estefan ingoia.

Aspetta il bianco. Arriva sempre il bianco, ma questa volta non arriva.

E le forme del mondo lo assalgono.

«Estefan».

La voce che lo chiama ha un timbro sconosciuto: e questo, è il secondo déjà-vu.

Estefan cerca di allacciare gli occhi al cervello. Si sforza. Vede una donna in camice bianco. La mente cerca lo schema giusto e lo trova: è ancora in ospedale. Come anni prima. Ma questa volta venti punti non basteranno. Lo sa. Lo sente. Respira, l'aria dentro gli fa strepitare le ossa.

Uno sguardo sfocato al suo corpo: è una mummia di bende e gessi, bianca. Una marionetta rotta. Ecco cos'è. Sa e sente anche questo.

Fa male, dice. O crede di dirlo. Non parla da troppo, non sa neanche lui da quanto.

«Cos'hai detto?», chiede la dottoressa.

«Ffaale».

«Lo so. Fa male. Vedrai che la medicina che ti ho dato te lo farà passare per un po'».

Estefan chiude gli occhi. Attende. Il dolore sciaborda via.

Ma il mondo resta, resta l'insulto di una lucidità nemica.

Il muro bianco è crollato.

L'unico muro ora è dentro alla testa, ed è d'amianto ultra tossico, tutto crepato. Dentro ci sono cose che non si dimenticano: ricordi, facce, voragini. E un senso di solitudine straziante che fa desiderare un *fade out* definitivo. Bianco.

Poi tornerà il dolore a occupare la mente.

Almeno fino a quando non si schianterà nel sonno.
Estefan non ha più il beneficio di perdere i sensi.

* * *

Estefan dorme un sonno pesante. Non sogna.

In corridoio, dietro la porta chiusa, una voce di ragazzo.

«Mi scusi, Estefan Volterra è nella 104, vero?»

«Sì».

«Mi hanno detto che potevo fargli visita».

«Adesso sì. Si sta riprendendo, ma non deve esporsi a emozioni troppo forti, chiaro?».

Il ragazzo annuisce. Freme.

L'infermiera che fa passare il dolore apre la porta.

«Non lo svegliare. Ha bisogno di riposo assoluto. E non farti impressionare, si riprenderà».

Il ragazzo entra, spalle curve. Vede Estefan: un ragazzo di calce e ferro impagliato in un lettino, e serra la bocca per strozzare sul nascere un grumo di pianto. Gli si bagnano gli occhi. Non si concede altro. Non lo vuole svegliare. Non piangendo. Non così.

Estefan è rotto sul serio.

Il ragazzo si siede, senza fare rumore.

Appoggia una mano sul letto.

Estefan ha bisogno di riposo assoluto, l'infermiera è stata chiara, ma dal gesso spuntano le dita della mano e il ragazzo non resiste, le sfiora.

Non doveva, lo sa, ma il bisogno di contatto è stato più forte.

Estefan respira, il dolore sul viso. Le palpebre si sollevano, poi ricadono pesanti.

Il ragazzo gli prende le dita fra le sue.

Estefan apre gli occhi, mette a fuoco. E non gli sembra vero, per la prima volta non rimpiange il bianco.

«Sweeet hnii...».

Martino singhiozza.

Entra l'infermiera che fa passare il dolore.

«Be'?». Guarda Martino accigliata. «Così lo fai preoccupare», dice, e guarda Estefan. «Piange perché è contento di vederti, ti garantisco che ti rimetterai in piedi come si deve, ok? E adesso la visita è finita».

Martino lo bacia piano sulla fronte, senza fare rumore. Estefan lo accarezza con gli occhi.

«Ciiao sweeet hnii».

«Ciao stronzo. Ci vediamo domani e domani e domani ancora, ok?».

Martino si gira e se ne va. Non saluta l'infermiera, non saluta nessuno, sparisce lungo il corridoio verde tristezza, con le spalle curve. Scende le scale del reparto ortopedico. E urta un tizio vestito bene.

«Ehi», dice il tizio vestito bene, la targhetta da assistente sociale appuntata alla camicia.

«Scusa», dice Martino mentre tira su col naso.

«Tutto bene?», gli chiede la bambina.

Non si era accorto della bambina.

«Tutto bene, ciao». Martino tira dritto, a muso duro verso l'uscita.

Il tizio vestito bene e la bambina si guardano, alzano le spalle.

«Non è un posto allegro», dice il tizio vestito bene.

«Andiamo», dice la bambina. Lo tira per le maniche. Ha fretta. Molta.

«Dove hai detto che è?», chiede il tizio vestito bene.

«Camera 104», risponde Greta, piena di luce dentro agli occhi grigi.

L'uno nel cuore dell'altra abbiamo costruito casa.
E abbiamo preso chiodi, grossi. E assi.
Abbiamo impugnato martelli e abbiamo picchiato, piantato,
fissato le fondamenta che non abbiamo. Nell'altro.
Abbiamo preso drappi e materassi sfondati. Ne abbiamo fatto nidi, a ogni piano. Abbiamo reinventato tenerezze e assalti. E schizzato colori sopra i muri. Poi abbiamo costruito il tetto per proteggerci. Dallo sguardo indelicato di Dio.
È a quel punto che ci siamo fermati.
Stupefatti e imbrattati, le arterie esplose. Le mani scheggiate.
Ci siamo guardati le case dentro agli occhi. Le nostre case di polsi e spine.
Ricordo lacrime, dalle finestre accese.

RINGRAZIAMENTI

Scrivere questo libro ha significato per me dare senso a tanti eventi, è stato un processo doloroso e stupendo.

È per questo che ringrazio in modo speciale la mia editor, Alessandra Penna, che con determinazione mai direttiva ha saputo indicarmi dove la mia lucidità arrancava, offrendomi la possibilità di cercare in me stessa soluzioni migliori. Lo ha fatto con una precisione che solo il mestiere e una sensibilità non comune permettono.

Un grazie a Roberto Mariotti, Letizia Lepri e David Baldanzi: oltre a essere gli agenti con cui ho iniziato e con i quali continuo questa avventura, sono persone splendide.

Grazie a Carmen Prestia per l'eccellente lavoro all'estero e per la passione che investe nel farlo.

Grazie a tutto il team Newton e grazie a Raffaello Avanzini. I risultati sono sempre merito di un gioco di squadra.

Grazie a mia sorella Giulia. Mia prima lettrice, sempre.

Grazie ai miei genitori.

E grazie ai miei amici.

Il grazie più grande è nella dedica.

INDICE

Nuova Narrativa Newton

FRANCO MATTEUCCI, *Il profumo della neve*
NAGIB MAHFUZ, *Il Settimo Cielo*
COLLEEN GLEASON, *Cacciatori di vampiri*
JAMES VANORE, *Il vangelo dei vampiri*
LISA JANE SMITH, *Il diario del vampiro. Il risveglio*
NAGIB MAHFUZ, *Karnak Café*
COLLEEN GLEASON, *La condanna del vampiro*
STUART MACBRIDE, *La casa delle anime morte*
WHITLEY STRIEBER, *2012 L'apocalisse*
NANCY KILPATRICK, *La rinascita del vampiro*
NAGIB MAHFUZ, *Autunno egiziano*
LISA JANE SMITH, *Il diario del vampiro. La lotta*
LISA JANE SMITH, *Il diario del vampiro. La furia*
La maledizione del vampiro, a cura di PETER HAINING
Vampiri!, a cura di STEPHEN JONES
LISA JANE SMITH, *Il diario del vampiro. La messa nera*
COLLEEN GLEASON, *La rivolta dei vampiri*
LISA JANE SMITH, *I diari delle streghe. L'iniziazione*
LISA JANE SMITH, *Il diario del vampiro. Il ritorno*
CHRISTOPHER LINCOLN, *Billy Bones. L'armadio dei segreti*
GIULIO CASTELLI, *Gli ultimi fuochi dell'impero romano*
BINA SHAH, *Il bambino che credeva nella libertà*
VITO BRUSCHINI, *The Father. Il padrino dei padrini*
SIMON SCARROW, *Sotto l'aquila di Roma*
LISA JANE SMITH, *I diari delle streghe. La prigioniera*
COLLEEN GLEASON, *Il crepuscolo dei vampiri*
STUART MACBRIDE, *Il collezionista di occhi*
NANCY KILPATRICK, *Gli amori del vampiro*
LISA JANE SMITH, *Il diario del vampiro. Scende la notte*
AZADEH MOAVENI, *Viaggio di nozze a Teheran*
LISA JANE SMITH, *I diari delle streghe. La fuga*
Sul tetto del mondo, a cura di JON E. LEWIS
MASSIMO LUGLI, *Il Carezzevole*
HARRY SIDEBOTTOM, *Il guerriero di Roma. Il re dei re*

LISA JANE SMITH, *I diari delle streghe. Il potere*
COLLEEN GLEASON, *Il bacio del vampiro*
L'ultima scalata, a cura di HAMISH MACINNES
VERONICA Q, *Vietato ai minori*
DAVID IGNATIUS, *Attacco a Teheran*
ANDREA FREDIANI, *Dictator. L'ombra di Cesare*
CHRIS PRIESTLEY, *Le terrificanti storie di zio Montague*
GAILE PARKIN, *Africa Social Club*
SIMON SCARROW, *Il gladiatore*
LISA JANE SMITH, *Il diario del vampiro. L'anima nera*
FABIO DELIZZOS, *La setta degli alchimisti. Il segreto dell'immortalità*
MAHBOD SERAJI, *Le notti di Teheran*
CHRISTOPHER LINCOLN, *Billy Bones. Sulla strada per Maipiù*
Wolfmen. Storie di lupi mannari, a cura di STEPHEN JONES
FRANCO MATTEUCCI, *Lo show della farfalla*
ROBERTO GENOVESI, *La legione occulta dell'impero romano*
NAGIB MAHFUZ, *Per le strade del Cairo*
MICHELLE MORAN, *La regina eretica. Il romanzo di Nefertari*
STEPHANIE SALDAÑA, *La sposa di Damasco*
TOM HARPER, *La città dei libri proibiti*
RAYMOND KHOURY, *Il segno di Dio*
STEVE ALTEN, *2012 La resurrezione*
LISA JANE SMITH, *Il diario del vampiro. L'ombra del male*
OLLE LÖNNAEUS, *Il bambino della città ghiacciata*
SIMON SCARROW, *Roma alla conquista del mondo*
MICHAEL WHITE, *L'anello dei Borgia*
ELIZABETH ESLAMI, *Il mio matrimonio combinato*
VICTORIA COREN, *I love poker*
LAWRENCE ANTHONY con GRAHAM SPENCE, *L'uomo che parlava agli elefanti*
ANDREA FREDIANI, *Dictator. Il nemico di Cesare*
JENNIFER JORDAN, *La scalata impossibile*
MARTIN BOOTH, *The American*
MISCHA HILLER, *Fuga dall'inferno. Una storia palestinese*
TORSTEN PETTERSSON, *A L'alfabetista*
PIERO DEGLI ANTONI, *Blocco 11. Il bambino nazista*
ÀLEX ROVIRA - FRANCESC MIRALLES, *L'ultima risposta di Einstein*

ROXANA SABERI, *Prigioniera in Iran*
SCARLETT THOMAS, *Il nostro tragico universo*
WHITLEY STRIEBER, *Omega point. Al di là del 2012*
PAOLO DI REDA - FLAVIA ERMETES, *Il labirinto dei libri segreti*
ANN FEATHERSTONE, *Il circo maledetto*
ANDREA FREDIANI, *Dictator. Il trionfo di Cesare*
GIULIO CASTELLI, *476 A.D. L'ultimo imperatore*
Alla fine del mondo. Le grandi avventure polari, a cura di JON E. LEWIS
ANN BRASHARES, *Grande amore*
FEDERICO GHIRARDI, *Bryan di Boscoquieto e la Maledizione di Morpheus*
VITO BRUSCHINI, *Vallanzasca*
CHRISTOFFER CARLSSON, *Lo strano caso di Stoccolma*
LORENZO BORGHESE, *I segreti di una principessa*
PATRICK WOODHEAD, *Il tempio degli eterni*
LOREDAN, *La spia del Doge. Leonora e i misteri di Venezia*
LORENZA GHINELLI, *Il Divoratore*
ROSS LECKIE, *Hannibal. Il conquistatore*
NAOMI RAGEN, *Una moglie a Gerusalemme*
LISA JANE SMITH, *Il diario del vampiro. La genesi*
GRAHAM BROWN, *La profezia della pioggia maya*
LAURA J. SNYDER, *Il club dei filosofi che hanno cambiato il mondo*
CHARLENE LUNNON - LISA HOODLESS, *Le bambine silenziose*
JESSICA JIJI, *Il profumo dei fiori in Iraq*
NELSON JOHNSON, *Boardwalk Empire*
SIMON SCARROW, *La spada di Roma*
MASSIMO LUGLI, *L'adepto*
DANIEL DEPP, *La città dei senza nome*
KENIZÉ MOURAD, *La principessa ribelle*
PHIL RICKMAN, *I pilastri di Camelot*
CHRISTIAN CAMERON, *Il tiranno*
KATIE ALENDER, *Le cattive ragazze non muoiono mai*
STUART MACBRIDE, *Sangue nero*
OLLE LÖNNAEUS, *Cuore nazista*
FABIO DELIZZOS, *La cattedrale dell'anticristo*
GERARD O' DONOVAN, *Il crocifisso*

HARRY SIDEBOTTOM, *Il guerriero di Roma. Sole bianco*
UNNI LINDELL, *La trappola di miele*
ANDREA FREDIANI, *Marathon*
LISA JANE SMITH, *Il diario del vampiro. Sete di sangue*
FRANCESCO FIORETTI, *Il libro segreto di Dante*
BASHARAT PEER, *Il sogno del soldato bambino*
RAYMOND KHOURY, *L'eredità dei Templari*
LARS RAMBE, *Il mosaico di ghiaccio*
NAGIB MAHFUZ, *Il viaggio di Ibn Fattouma*
FRANCESCA BERTUZZI, *Il carnefice*
ANTONIO SALAS, *L'infiltrato*
LISA JANE SMITH, *Il diario del vampiro. Strane creature*
DAVID GIBBINS, *Il Vangelo proibito*
JON TRACE, *La profezia vaticana*
SIMON RICH, *Il compagno di banco*
DOUGLAS JACKSON, *Il segreto dell'imperatore*
ANNA JANSSON, *Il sacrificio*
DANA STABENOW, *CSI Alaska. Primavera di ghiaccio*
RAZAN MOGHRABI, *Le donne del vento arabo*
SIMON SCARROW, *La legione*
CHRIS PALING, *Il pittore che visse due volte*
LEE MARTIN, *Che fine ha fatto Miss Baby?*
JOHN UNDERWOOD, *Il libro segreto di Shakespeare*
MARCELLO SIMONI, *Il mercante di libri maledetti*
ADAM JAY EPSTEIN – ANDREW JACOBSON, *The Familiars*
SCARLETT THOMAS, *Il giro più pazzo del mondo*
ANN FEATHERSTONE, *La giostra degli impiccati*
TORSTEN PETTERSSON, *B Il burattinaio*
LISA JANE SMITH, *Il diario del vampiro. Mezzanotte*
CHRISTOFFER CARLSSON, *La casa segreta in fondo al bosco*
Millennium Thriller, a cura di J. ELLROY e O. PENZLER
JOSS WARE, *I diari delle tenebre. Il bacio della notte*
FRANCISCO J. DE LYS, *Il labirinto sepolto di Babele*
LIN ANDERSON, *L'incendiario*
CHARLES DE LINT, *La mappa del dragone*
TED DEKKER, *Il cimitero dei vangeli segreti*
JULIET GREY, *Il diario proibito di Maria Antonietta*

Grandi Tascabili Contemporanei

ANDREA FREDIANI, *300 guerrieri. La battaglia delle Termopili*
ANNE CHERIAN, *La moglie indiana*
SCARLETT THOMAS, *Che fine ha fatto Mr Y.*
FEDERICA BOSCO, *Mi piaci da morire*
ANDREA FREDIANI, *Jerusalem*
JUDITH SUMMERS, *La mia vita con George*
NANCY KILPATRICK, *La notte dei vampiri*
FEDERICA BOSCO, *Cercasi amore disperatamente*
GIULIO CASTELLI, *Imperator. L'ultimo eroe di Roma antica*
SHERRY JONES, *A'isha, l'amata di Maometto*
STUART MACBRIDE, *Il collezionista di bambini*
CAROLE MATTHEWS, *Il sexy club del cioccolato*
LESLIE CARROLL, *Matrimoni, bugie e appuntamenti*
LEANDER DEENY, *Gli incubi di Hazel*
TOM MARTIN, *Pyramid*
FEDERICA BOSCO, *L'amore non fa per me*
ROSSELLA CANEVARI - VIRGINIA FIUME, *Voglio un mondo rosa shokking*
JANE ELLIOTT, *Diario di un'adolescenza rubata*
NAGIB MAHFUZ, *I romanzi dell'antico Egitto*
STEL PAVLOU, *Il codice di Atlantide*
SCOTT WESTERFELD, *I diari della mezzanotte*
LISA JANE SMITH, *I diari delle streghe*
SCARLETT THOMAS, *PopCo*
HARRY SIDEBOTTOM, *Il guerriero di Roma. Fuoco a Oriente*
CLAUDIO RENDINA, *I peccati del Vaticano*
LARS RAMBE, *Incubo bianco*
ELIZABETH CHANDLER, *Baciata da un angelo*
MASSIMO LUGLI, *L'istinto del Lupo – La legge di Lupo solitario*
JOSS WARE (*alias* Colleen Gleason), *I diari delle tenebre. La lunga notte*
SIMON SCARROW, *Il centurione*

TIM C. LEEDOM - MARIA MURDY, *Il libro che la tua Chiesa non ti farebbe mai leggere*
ANDREA FREDIANI, *Le grandi battaglie di Roma antica*
AMANDA FILIPACCHI, *Il club degli innamorati*
LAURIE GRAFF, *Devi baciare un sacco di rospi*
ALAN F. ALFORD, *Il mistero della genesi delle antiche civiltà*
VINCENZO M. MASTRONARDI - RUBEN DE LUCA, *I serial killer*
ANDREA FREDIANI, *I grandi condottieri che hanno cambiato la storia*
KLAUS WERNER-LOBO, *Il libro che le multinazionali non ti farebbero mai leggere*
BRUNO DE STEFANO, *L'Italia del pizzo e delle mazzette*
MICHAEL MUHAMMAD KNIGHT, *Islampunk*
MARIO CAPRARA - GIANLUCA SEMPRINI, *Destra estrema e criminale*
JULIA GREGSON, *Matrimonio a Bombay*
ANDREA FREDIANI, *Un eroe per l'impero romano*
AZHAR ABIDI, *Il mio matrimonio pakistano*
HELENE COOPER, *Le bambine di Sugar Beach*
SCARLETT THOMAS, *L'isola dei segreti*
DAVID GIBBINS, *Atlantis*
NANCY KILPATRICK, *La guerra dei vampiri*
JOACHIM BOUFLET, *Il diario segreto di Lucrezia Borgia*
AZADEH MOAVENI, *Viaggio di nozze a Teheran*
CRAIG SMITH, *Il mistero del dipinto di Cristo*
FEDERICA BOSCO, *L'amore mi perseguita*
ALI ETERAZ, *Il bambino che leggeva il Corano*
ISABELLE AUBRY, *La prima volta avevo sei anni*
NASEEM RAKHA, *Una madre non dimentica*
CLAUDIO RENDINA, *La santa casta della Chiesa*
ANDREA FREDIANI, *Le grandi battaglie dell'antica Grecia*
LYNN PICKNETT, *La storia segreta di Lucifero*
FURIO SAMPOLI, *Le grandi donne di Roma antica*
GIUSEPPE ANTONELLI, *Il libro nero di Roma antica*
IAN BINGHAM, *La città perduta degli Inca*
LUDOVICO GATTO, *Le grandi donne del Medioevo*
ROBIN LUMSDEN, *La vera storia delle SS*
GUY PATTON - ROBIN MACKNESS, *L'enigma dei templari*

IAN LAWTON - CHRIS OGILVIE-HERALD, *Il codice di Giza*
PIERS PAUL READ, *La vera storia dei Templari*
GIUSEPPE ANTONELLI, *Gli uomini che fecero grande Roma antica*
MICHAEL A. CREMO - RICHARD L. THOMPSON, *Archeologia proibita*
ANDREA FREDIANI, *Le grandi battaglie di Napoleone*
PAUL K. DAVIS, *Le 100 battaglie che hanno cambiato la storia*
MICHAEL BAIGENT - RICHARD LEIGH, *Origini e storia della massoneria*
LAURENCE GARDNER, *I segreti dell'arca perduta*
DAVID WEBSTER, *La misteriosa fine dell'impero maya*
PAUL JORDAN, *La sindrome di Atlantide*
BILL PUTNAM - JOHN EDWIN WOOD, *Il tesoro scomparso di Rennes-le-Château*
ANDREA FREDIANI, *I grandi generali e condottieri di Roma antica*
CLAUDIO RENDINA, *I papi. Storia e segreti*
LAURENCE GARDNER, *L'enigma del Graal*
LIN ANDERSON, *La bambina che giocava con il fuoco*
GIOVANNA BANDINI, *Il bacio della tarantola*
LUCA CANALI, *Gli ultimi giorni di Giulio Cesare*
GIANNI BISIACH, *I Kennedy*
DANA STABENOW, *CSI Alaska. Il silenzio della neve*
CLAUDIO RENDINA, *L'oro del Vaticano*
STEPHEN HODGE, *I manoscritti del Mar Morto*
JEMMA FORTE, *La mia peggiore amica*
LESLIE CARROLL, *Amori e centrifughe*
CARMEN REID, *Il club dello shopping*
MONICA PRADHAN, *Il gusto proibito della cannella*
WALTER ELLIS, *Codice Caravaggio*
DONNA WOOLFOLK CROSS, *La papessa*
LUDOVICO GATTO, *La grande storia del Medioevo*
FEDERICA MORRONE - CRISTIANA RUMORI, *Il teorema dell'amore perfetto*
GERRI BRIGHTWELL, *La casa dei segreti*
DAN RHODES, *Amore amore*
STUART MACBRIDE, *La porta dell'inferno*

FEDERICA BOSCO, *101 modi per riconoscere il tuo principe azzurro (senza dover baciare tutti i rospi)*
SHERRY JONES, *La sposa guerriera. A'isha e la rivolta islamica*
GIULIO CASTELLI, *Gli ultimi fuochi dell'impero romano*
ROBERTO GENOVESI, *La legione occulta dell'impero romano*
CHRIS PRIESTLEY, *Le terrificanti storie di zio Montague*
TOM HARPER, *La città dei libri proibiti*
DONATELLA BERSANI, *Indignate. È arrivato il momento di dire basta*
GAILE PARKIN, *Il profumo dello zucchero a velo*
SIMON SCARROW, *Sotto l'aquila di Roma*
MICHAEL WHITE, *L'anello dei Borgia*
ELIZABETH ESLAMI, *Il mio matrimonio combinato*
JON E. LEWIS (a cura di), *Sul tetto del mondo*
STEVE ALTEN, *2012. La resurrezione*
NIAMH GREENE, *Uomini: l'importante è farli soffrire*
CLARE DOWLING, *Quando l'amore va in vacanza*
ROBERT E. HOWARD, *Conan il barbaro*
STUART MACBRIDE, *Il collezionista di occhi*
CARMEN REID, *Shopping mania*
TORSTEN PETTERSSON, *A L'alfabetista*
PAOLO DI REDA - FLAVIA ERMETES, *Il labirinto dei libri segreti*
ÁLEX ROVIRA - FRANCESC MIRALLES, *L'ultima risposta di Einstein*
LORENZO BORGHESE, *I segreti di una principessa*
ANN BRASHARES, *Grande amore*
DAN RHODES, *Il bizzarro museo degli orrori*
ANN FEATHERSTONE, *Il circo maledetto*
SCARLETT THOMAS, *Il nostro tragico universo*
CHRISTOFFER CARLSSON, *Lo strano caso di Stoccolma*
FIONA NEILL, *Tutto l'amore che c'è*
FABIO DELIZZOS, *La setta degli alchimisti. Il segreto dell'immortalità*

Vertigo

ELIZABETH CHANDLER, *Baciata da un angelo. L'amore che non muore*
LISA JANE SMITH, *La setta dei vampiri. Il segreto*
LISA JANE SMITH, *La setta dei vampiri. Le figlie dell'oscurità*
LISA JANE SMITH, *La setta dei vampiri. L'incantesimo*
THOMAS EMSON, *Vampire trinity. Skarlet*
ELIZABETH CHANDLER, *Baciata da un angelo. Il potere dell'amore*
GLEN DUNCAN, *666. Io sono il diavolo*
LISA JANE SMITH, *La setta dei vampiri. L'angelo nero*
LISA JANE SMITH, *Dark visions. Il dono*
JENNIFER RARDIN, *Love Blood. Il potere del vampiro*
ELIZABETH CHANDLER, *Baciata da un angelo. Anime gemelle*
BRENT WEEKS, *L'angelo della notte. La via delle tenebre*
KERI ARTHUR, *Black Moon. L'alba del vampiro*
KERI ARTHUR, *Black Moon. I peccati del vampiro*
LISA JANE SMITH, *Dark visions. Il vampiro della mente*
LISA JANE SMITH, *La setta dei vampiri. La prescelta*
LISA MCMANN, *Cronache dell'incubo. Wake*
LISA JANE SMITH, *La setta dei vampiri. L'anima gemella*
LISA JANE SMITH, *Il gioco proibito. La casa degli orrori*
ALICE MONTANARO – GIANANDREA SICCARDI, *La profezia di Arsalon. Il sigillo del male*
LILI ST. CROW, *Il diario degli angeli. Creature della notte*
LISA JANE SMITH, *La setta dei vampiri. La cacciatrice*
LISA JANE SMITH, *Dark visions. La passione*
LISA JANE SMITH, *La setta dei vampiri. L'alba oscura*
KERI ARTHUR, *Black Moon. La tentazione del vampiro*
DAN RHODES, *Il bizzarro museo degli orrori*
LISA JANE SMITH, *La notte del solstizio*
KELLY LINK, *Piccoli mostri da incubo*
LISA JANE SMITH, *Il gioco proibito. L'inseguimento*
CHRISTINE FEEHAN, *Il principe vampiro. Attrazione fatale*

ELIZABETH CHANDLER, *Sekrets. Le visioni di Megan*
CHRIS PRIESTLEY, *Le terrificanti storie del Vascello Nero*
LISA MCMANN, *Dream. Cronache dell'incubo*
LISA DESROCHERS, *Il bacio maledetto*
LITI ST. CROW, *Il diario degli angeli. Tradimenti*
NICOLA BRUNIALTI, *Il mummificatore*
HEATHER TERRELL, *La guerra degli angeli*
CHRISTINE FEEHAN, *Il principe vampiro. Desiderio*
PETER V. BRETT, *Il guardiano dei demoni*
KERI ARTHUR, *Black Moon. Il gioco del vampiro*
JACKIE MORSE KESSLER, *Angeli dell'Apocalisse. Tra il bene e il male*
BRENT WEEKS, *L'angelo della notte. Il tempo delle tenebre*
LAUREN DESTEFANO, *Il giardino degli eterni. Dolce veleno*
LISA JANE SMITH, *Il gioco proibito. L'ultima mossa*
KERI ARTHUR, *Black Moon. L'abbraccio della notte*
ELIZABETH CHANDLER, *Innocenti bugie*
JANE YOLEN – MIDORI SNYDER, *Il diario delle fate*
CHRISTINE FEEHAN, *Il principe vampiro. L'oro nero*
LILI ST. CROW, *Il diario degli angeli. Gelosia*
ALAYA JOHNSON, *Il fascino del vampiro*
NANCY HOLDER - DEBBIE VIGUIÉ, *La crociata dei vampiri*
CARRIE JONES, *Need. L'amore che vorrei*
KERI ARTHUR, *Black Moon. Un bacio prima di morire*
D.J. MACHALE, *La biblioteca degli incubi. La luce della notte*
CHRISTINE FEEHAN, *Il principe vampiro. Magia nera*
CHRIS PRIESTLEY, *Storie da leggere con la luce accesa*

Francesca Bertuzzi

Il carnefice

Francesca Bertuzzi è nata a Roma nel 1981. A 22 anni ha conseguito il master biennale in "Teoria e Tecnica della Narrazione" alla Scuola Holden di Torino. Successivamente ha seguito un laboratorio di regia diretto da Marco Bellocchio e Marco Müller. Negli ultimi anni si è dedicata alla scrittura cinematografica, vincendo premi e riconoscimenti internazionali con diversi cortometraggi. Al momento sta lavorando al backstage, da lei diretto e montato, del film *Vallanzasca - Gli angeli del male* di Michele Placido.

NNN 294. Volume di 288 pagine. € 9,90

In uno di quei piccoli paesi della provincia italiana all'apparenza tranquilli, ma in cui il male esiste, si nutre e cresce fra le vie strette, le case decadenti e i bar semibui, sta per avere inizio l'incubo. È qui che abita Danny, una ragazza di origine africana, arrivata in Italia ancora bambina, insieme alla madre e alla sorella. Una sera, dopo aver chiuso il locale in cui lavora, Danny viene aggredita. Fa appello a tutte le forze che ha per difendersi dalla brutale violenza, finché a salvarla arriva Drug Machine, il suo datore di lavoro e l'amico più caro. Ma il peggio per lei deve ancora venire e la sta aspettando proprio sulla soglia di casa. Lì la ragazza trova uno strano messaggio che fa d'un tratto riaffiorare i dolorosi fantasmi della sua infanzia: una sorellina e una madre scomparse troppo presto e troppo in fretta, violenze subite e taciute, difficili da raccontare... Chi ha lasciato quell'angosciante messaggio e perché? Chi vuole riportarla indietro nel tempo, insinuando in lei dubbi capaci di sconvolgerle la vita? In un crescendo di colpi di scena riemergeranno, uno dopo l'altro, antichi segreti e sepolte bugie. La verità sarà la più scomoda e inquietante che si possa immaginare.

Ted Dekker

Il cimitero dei vangeli segreti

Ted Dekker, autore di più di venti romanzi (tra i quali, tradotti in Italia, *Kiss*, *Adamo* e *Black*), ha venduto oltre cinque milioni di copie in tutto il mondo. È cresciuto in Indonesia, dove i suoi genitori lavoravano come missionari tra le popolazioni locali. Trasferitosi negli Stati Uniti, ha fatto l'imprenditore prima di dedicarsi a tempo pieno alla scrittura. Per saperne di più: www.teddekker.com.

Volume rilegato di 336 pagine. € 9,90

A quindici anni sua madre e le sue sorelle sono state trucidate sotto i suoi occhi. La guerra tra serbi e bosniaci non conosceva pietà e non risparmiava nessuno: anche lui è stato costretto a uccidere chi ha annientato la sua famiglia. Poi si è trasferito in America, è diventato sacerdote e ha cercato di ricominciare. Ma per Danny Hansen il passato è troppo carico di odio per poter essere dimenticato. E ci sono peccati che neppure un uomo di Dio può perdonare. Danny segue gli stupratori, i pedofili, gli assassini. Li rapisce e li tortura ma lascia loro una possibilità di redenzione. Se rifiutano, Danny è pronto a ucciderli per fare giustizia. Anche Renee Gilmore è una vittima. La droga ha distrutto la sua vita, pericolosi criminali le danno la caccia. Un giorno sulla sua strada appare Lamont, un uomo potente e protettivo, che la salva da chi vuole ucciderla e sembra offrirle finalmente tranquillità e amore. Per la prima volta Renee si sente al sicuro. Ma la pace che ha conquistato è forse l'inizio di un nuovo inferno? Renee e Danny sono destinati a incontrarsi spinti dalla stessa pulsione: il desiderio di giustizia e di vendetta. Un istinto che può trasformare una vittima in un carnefice. Ma fino a dove può spingersi l'uomo per difendere il bene? E se fosse il male l'unica arma per porre rimedio al male?

NEWTON COMPTON EDITORI